JN064291

アンティコニ

北米先住民のソフォクレス

ANTIKONI

The Antigone of the Plateau: A Native American Play

ベス・パイアトート 著　Written by Beth Piatote
初見かおり 訳　Translated by Kaori Hatsumi

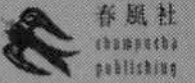

Antíkoni by Beth Piatote

First published in the collection
The Beadworkers: Stories (Counterpoint Press, 2019)

目次

前口上

21世紀の神話的空間

古代ギリシャ悲劇から北米先住民文学、そして名前のない暴力へ

石原真衣

空の上で、手紙を受け取る。

そんな奇妙なテクノロジーとその世界を、「人間ができる以前の人間」たちなら、どのような言葉で奏でるだろうか。私にとって、先住民の世界とは、汚されていない言葉たちと音楽が織り交ざった神話を生きる世界である。空の上という、そして翼を持たない人類が空を飛ぶという神話的空間で、そこで受け取った手紙を読みながら、私は物語を、言葉を綴ろう。

本書『アンティコニ』は、北米先住民作家であり米国の優秀な文学研究者であるベス・パイアトート氏による戯曲である。本書はソフォクレスによる古代ギリシャ悲劇『アンティゴネー』の翻案であるが、第二次世界大戦後の1947年には、ドイツの劇作家であるベルトルト・ブレヒトによる翻案『アンティゴネ』があった。ソフォクレスからブレヒト、そしてパイアトート氏への転換において注目したいのは、主人公アンティゴネーとアンティコニの死の扱い方である。ソフォクレスのアンティゴネーでは、王家の継承をめぐる問題において、死とは運命だった。第二次世界大戦を経て書かれたブレヒトによる『アンティゴネ』では、その死を運命と結び付けることが拒否されている。戦争と国家と個人の死は、運命とではなく、非人間的振る舞いとその

帰結として描かれなくてはならなかった。そして本書『アンティコニ』では、死のあり方そのものも変容している。読者におかれては、この三人の主人公が遂げる「死」における問いを堪能されたい。

かくして、われわれの『アンティコニ』は、人間と死をめぐる問いを拡張させながら、先住民的文脈へと編み上げられ誕生した。先住民女性として本作を読むとき、私は地球のあらゆる場所へと拡がる神話的空間の中へと引き込まれる。ここで書かれたことは様々な先住民社会において交換可能であり、ゆえにこの神話は生きている。われわれは世界中の先住民社会で、ホワイトコーツを、クレオーンを、イスメーネーを、そしてアンティコニをみつける。そして死者を弔うことを奪われた先住民や、人類全体の悲しみを本書を通じて学ぶのだろう。

本書の登場人物で最も悲しく、奪われ、損なわれた存在であるのは、間違いなくクレオーンである。クレオーンは云う。

> 国家はわたしをペットと見ていますが、これは思う壺というもの。
> それ以外に、国家はインディアンの存在を認めることはないのですから。

> わしは、努力と媚びへつらうことで、皆が憧れとするこの職を手に入れた。
> 　そして、喜んで
> なだめられた振りをしている。それが、権力に至る唯一の方法だ。

クレオーンは国家による権力や構造を理解している。先住民にとって唯一選択可能であるものを見据えたうえに、国家のペットとして振る舞い、そして自身で権力を手に入れた。先住民社会における法を無視して名誉植民者として振る舞うクレオーンに、われわれはあらゆる場所で出会うだろう。権力を飼いならし、利用しているという錯覚。その錯覚に勾引かされ同族を殺してしまうクレオーン。しかし「上にも周囲にも（植民者たちにもインディアンにも）、わしには敵ばかりなのです」と言い、沈黙しながら歩き回るクレオーンの姿に、われわれはその哀れさを嗅ぎ取る。

イスメーネーは、おそらくおよそ全ての現代を生きる先住民の姿だろう。祖先の遺骨を運び出し埋葬しようと誘うアンティコニに向けてイスメーネーは云う。

> この問題の歴史は長く、わたしたちの短い人生では変えられない。五百年も続いている社会の設計を取り壊すことなんてできない。

> クレオーンだけではない。あらゆる法が
> お姉さんを止めにかかる。兄弟の亡骸は、わたしたちの管理下にはなく、国家の財産なのだから。
> 国家の厳格な法によって捕えられてしまう。

先住民自身のタマールウィト――法――を唯一の「生き方そのもの」とみなすアンティコニは幸福だ。しかしその幸福は、アンティコニから生を奪う。アンティコニは処刑される。秩序を乱すものは処刑されなければいけないし、それはそもそも先住民社会の法でもある。しかし、アンティコニを殺した「法」とは何であったのか。その答えは本書が提示する二つの法の違いにある。アンティコニは二つの法について自覚的だった。そしてアンティコニは云う。

> 高貴な死を遂げるのは
> 囚われの身で生きるより美しいこと。

盲目のテイレシアースの言葉からわれわれは何を学ぶのか。テイレ

シアースはクレオーンに「野望がお前を盲目にしてしまった。このわしよりも周りが見えていない」という。そしてこれは、われわれ全ての人間に投げかけられる言葉でもある。国家のペットとして自覚的にそう振る舞い生きようとするクレオーンが、上にも周囲にも敵だらけの悲しく哀れなクレオーンが、もし盲目だとするならば、死者の痛みを無視し、非人間的振る舞いを行使してしまうことに罪悪感を覚えることができないホワイトコーツの盲目性とはいかなるものか。

本書では、先住民であるパイアトート氏によって、あらゆる現在の先住民の姿、とりわけ哀れな生き方が明示されている。一方で、ホワイトコーツは、自分たちの哀れな姿を描きだすことができるだろうか。本書で書かれた戯曲は、文芸でありながらまるで神話的ノンフィクションのようだ。ここで描かれた状況は、当然真空状態で起こったことではない。植民地主義、人類学的な学術的探求、そして国家的分割統治の策略によって引き起こされた現在である。読者のあなたは、本作の中のどこにいるだろうか。

ある日、まだ出会っていない初見かおりさんがメールをくださった。本書の邦訳をしたから preface を書いてほしいということだった。かおりさんが私を知ってくださった経緯は訳者あとがきに書かれた通りである。そのあとがきをいま、飛行機の上で受け取った。せっかくだから、人間が到達した奇妙なテクノロジーで可能となった、居心地の悪い／しかしある意味では神話的な空間で、率直な気持ちを記しておきたい。「人間ができる以前の人間たち」は、鳥の存在をきわめて神話的な存在とみなしていたし、翼はないが空の上を行き来するわれわれ人類は、現代的な神話を異なる形で具現化しているのではないかと思ってしまう。先住民を殺しつくした近代なるものが生み出したテクノロジーが、われわれ先住民に再び神話的空間を与えているような気さえしてしまう。

先住民の世界とは、個が集団や環境であり、集団や環境とは個でもある。現代を生きるわれわれは、個人であることの病に侵されつくされ、個と集団や環境の循環的なありかたを全く理解することができない。そんなことに気づかされたのは、2016年というまるで奇妙な時だった。アイヌの遺骨たちは、北海道大学の医学部の駐車場にあるあまりにみすぼらしいプレハブ小屋のような「アイヌ納骨堂」から、囚われた痛みを叫び続けていた。やっとアイヌやその子孫も、そして歴史上はじめて日本の知識人も、その叫びを聴くことができた。死んでいた人間が生き返る。様々な人間を飲み込み巻き込みながら、止まったままの時間が巡り始める。本書が提示したとおり、囚われた人間が、死者が、解放のために叫び、叫び、叫び続ける。そしてわれわれは解放へ向かおうとしている。

魔術的（マジカル）！

現代を生きる人間の安っぽくて薄っぺらい言葉は、これを表すことなどできない。私も、そこで巻き込まれた多くの人びとも個や個人として生きることができなくなった。それは新たな章の始まりだった。飲み込まれたわれわれは渦に溺れている。遠く離れた人びとや、自分とは全く関係ないかのようにみえる事柄が、いとも簡単につながり合う。アンティコニが遥か古代ギリシャのアンティゴネーと、そしてパイアトート氏を介して誕生し、かおりさんを介して、私に、そして日本に届く。ここで書かれていることは、まさに今日北海道で、沖縄で、北海道大学や東京大学を含むあらゆるホワイトコーツたちの要塞で、そして世界中で起こっていることである。バラバラのものが有機的につながり合う。それはとても奇妙で、奇跡的で、しかしどこまでも魔術的（マジカル）な凡庸でもある。

かおりさんが「アンティコニのように」と私のたたずまいや「声」

を書いてくださったことは、私にとって生涯の宝物になるだろう。それは、たまたま暴力に居合わせてしまった、そして自分にできることをしただけの——あるいは自分にしかできないことを自覚した——、そしてそれがゆえに「処刑」された私の生き様の肯定であった。私の、あるいは「もうひとつのアンティコニの」、殺され、消滅させられる物語はまた奏でられよう。たとえ私がサイエンスの館で、そしてホワイトコーツの要塞で殺され消え去ろうとも、私の声を受け取った人びとは口伝するだろう。私の生は、そしてアンティコニの生は、それぞれの個に限定されない。われわれはつながり、永遠を生き永らえる。

私はこれまで、日本で忘却されたままの、あるいはまったき不在である日本の植民地主義を問うてきた。初期の作品（『〈沈黙〉の自伝的民族誌』（2020年、北海道大学出版会）など）では、自分が殺されないための文学をつくることが最優先だった。私を「殺す」のは、為政者やホワイトコーツだけではない。ましてや排外主義者やヘイターのみでもない。良識派の知識人、善意の支援者、真正なアイヌたち、ときとして、最も近しい人びとが不意に発してしまうささやかな言葉たちでもあった。私には、まだ誰にもみえない、そして誰もが行使してしまう暴力を、とても鮮やかに見つけることができた。それらのまだ名づけられていない暴力を、やわらかに、しなやかに偽装させながら、名づけることがそのときの私の使命だった。

そのとき、読者が罪悪感で読むことをやめてしまわないように、あるいは、「白人〔＝日本人〕の脆弱性（フラジリティ）」がゆえに身勝手なアレルギーを発症してしまわないように、最善の注意を払った。この配慮や努力はいうまでもなく、アンペイドワーク（不払い労働）だった。私が敬愛するガヤトリ・スピヴァクは、植民地主義／植民地支配を形容するときにとてもラディカルに「強姦」を使う。近年、先住民研究者や先住民フェミニストたちが正しく提起するように、植民地主義／

植民地支配には、ジェンダー化されたプロセスを伴う。日本に即して考えれば、北海道を「処女地」と言いえたのは、先住民の土地を処女などと呼び振る舞う多重の暴力だ。つまり処女は無理やり征服していいという「男」の身勝手な妄想や——それはまさしく強姦である——、先住民を「人間」とはみなさないがゆえに可能となる暴力がそこにはある。本書の解説でかおりさんが書いたように先住民とは、野蛮で、未開で、未完の人間であり、市民／国民の反対であった。そしてホワイトコーツの仕事とは、奪った遺骨たちを計測し、それを正当化することだった。先住民は人間になる途上にある人間だと位置づけることによって、植民者側は植民地主義的罪悪感を消し去ってきた。

スピヴァクがいうように、植民地主義／植民地支配とは強姦のような振る舞いであるとするならば、その強姦によって得た資源や国家の安全などを含む「利益」を今日も享受する一人ひとりの多数派日本人のために、その強姦の被害を今日も被る先住民があらゆる努力をしながら、交通可能な言葉を多数派日本人のために創造することは、まぎれもない不当なアンペイドワークである。私はそのようなアンペイドワークをしながら「殺されない」空間を創造してきた。私の仕事が、いかに立派な賞を受賞しても、いかにホワイトコーツたちに称賛されようとも、私がしていることは、多数派／殖民した側が起こした不正義の清算を、強姦の被害を今日も被る私が担わされていることをここに記しておきたい。私は受賞も、そして称賛を受けることすらも、全く不当なアンペイドワークだと思っている。

私自身の中期以降の仕事は、日本の知識人の責任を問うことだった。国家や政治家、官僚、為政者は、先住民の傷をかえりみることは構造上不可能である。近代とは、誰をプロパーな（正規の）人間とみなして誰を棄民としていいかについて明確な意思を備える時間でもあった。その境界をゆるがして近代国家が成立することは不可能だ。近代において繁栄したあらゆる国家や社会は、誰かから土地を奪い、誰かを「奴隷」にした。その犠牲は、先住民や被植民者のみならず、日本の文脈でいえば、福島をはじめとする東北や、水俣、広島、長崎などの犠牲区域にみてとれるだろう。ブレヒトによる『アンティゴネ』や本書が提示する人間の姿や社会は、私にとって最も親しい友であるイヴァン・イリイチがいう「コンヴィヴィアリティ」とは対極にある、人間全体の破滅的な運命を示唆している。ここに人類が到達してしまった現在がある。

私はその責任を知識人に、とりわけ、日本の人類学者や平和研究者に問う仕事をしてきた。遠い場所の紛争や植民地主義や暴力にいたく熱心なあなたたちは、今日行使され続けている日本の先住民たちへの侵略と暴力に向き合うことができるだろうか。ホワイトコーツの要塞で、そこに侵入できない他者たちを「書く／描く」行為に、どれほどの罪悪感を持っているのか。またサイエンスの館で処理できるような、核、戦争、を介さずに、あなたが今日加担してしまっている／そこから利益を享受している問題について直視できるのか。そしてこのような愚行と暴力が、われわれ人類のすみずみまでを破壊しつくすことに気がついたのか、と。知識人への批判に込めているのは、コンヴィヴィアリティが不可能となっている絶望的な人類の現在において、唯一希望を見出す萌芽は知識人たちの仕事にあると信じているからでもある。

初見かおりさんがビーズ細工のように美しい本書を邦訳くださったことは、この問いかけへの応答のひとつである。かおりさんは、私と死者たちから、そしてアンティコニから呼びかけられ、振り向き、応答した。ホワイトコーツの責任や、ホワイトコーツの哀れさに気がついてくれたのかもしれない。とても嬉しく思う。われわれは、死者からの、そして他者からの呼びかけを聴くことができない時間を生きてしまっている。かおりさんが十三年という時を経てその時間を超越したことにこそ、これからの知識人の生きる道が示されているのかもしれない。そしてだからこそ、かおりさんにも、日本で「殺される」ことから免れた人びと（先住民や、旧植民地出身者以外の多数派日本人）にも、自身に問い続けてほしい。なぜ、あなたの足元で行使され続ける植民地主義的暴力を阻止する力が不在なのか、なぜ、暴力を暴力と名指す力があなたにはないのか、そしてあなた自身の責任とはなんであるのか、と。それらの問いは、先住民の解放のみではなく日本社会全体の息苦しさを解消するものでもなかろうか。

先住民がもつ最大の美しさは、儀礼的集団であること、そしてまったく思いもよらない事柄を結び付ける能力であると私は思う。それは神話的世界を作ってきた。現代、かつてとは異なる形ではありつつも、その力は失われていない。先住民的批評性と呼ぶこともできる。その精神が結実した本書がここにある。ギリシャ悲劇である『アンティゴネー』が、ブレヒトによって巧妙な批評性を込めた劇に、われわれの『アンティコニ』に、そしてかおりさんによって日本に届き、またあらたな神話が生まれる可能性を心からうれしく思う。人間が来てしまった世界で、われわれはどう生きるのか。死者を弔い、法に従い、悦びを祝福しながら共に生きる旅は、いまはじまったばかりである。

福岡と長崎へ向かう空の上から

2023 年 12 月 7 日

ネティーテルウィト[*1]
neti·telwit

／

人間
human beings

Antíkoni

CHARACTERS

ANTIKONI	A Nez Perce-Cayuse woman
ISMENE	Her younger sister
CHORUS OF AUNTIES	Elders who counsel Kreon
KREON	Museum Director, maternal uncle of Antíkoni and Ismene
GUARD	A low-ranking employee
HAIMON	The adopted son of Kreon, betrothed to Antíkoni
TAIRASIAS	A blind medicine singer
MESSENGER	An employee of Kreon
DRUM	

アンティコニ

登場人物

アンティコニ[*2]	ネズパース族[*3]とカイユース族の血を引く娘
イスメーネー	アンティコニの妹
伯母たちのコロス（合唱隊）	クレオーンの顧問団の長老たち
クレオーン	博物館長[*4]。アンティコニとイスメーネーの母方の叔父
番人	身分の低い従業員
ハイモーン	クレオーンの養子、アンティコニの婚約者
テイレシアース	盲目のティウェート[tiwé·t][*5]の歌い手
報せの者	クレオーンの従業員
太鼓	

PROLOGUE/SCENE I

It was the fate of two Cayuse brothers to kill one another, not because they had been cursed by their own cursed father, but because one brother had been taken captive as a child and lived his life among the Crows. The Crow brother, Ataoklas, followed the man he called his father and became a Scout for the So·yá·po·, among whom were the Blue Coats, the Cavalry. In those days there was a terrible war. The blue Coats, with their allies the Crows, pursued without mercy the Cayuse and Nez Perce through their own country. The Cayuse brother, Polynaikas, was riding out ahead of the others. His father was already dead. His mother and his grandmothers and all their kin were starving. The people were running north, following deer trails and old routes and new allies to a land beyond the Blue Coats' reach. Polynaikas was hardly more than a boy, but he rode as a man, rode his horse toward the Medicine Line on a cold autumn day. The Crows saw him and set the Blue Coats upon him. The Blue Coat General Cut Arm himself chased after Polynaikas, but none could catch him. Only his own blood-brother, Ataoklas, was his equal. There in that valley the two brothers found each other, and there they tangled in each other's shields and cries and blood. They fell together there, shared blood filling the earth, darkening their homeland, the self-shared blood that flowed from their mother when they first left her body. They fell silent there, arm to arm, and colored that valley bed with the dark stain of broken brotherhood.

プロロゴス[*6]／第一場

カイユース[*7]の兄弟が相打ちで果てることは彼らの運命であった。これは呪われて死んだ父親の呪縛からではなく、幼いときに一人だけ捕虜となりクロウ族の間で育ったからだ。そのクロウ族として成長した兄弟の一人エテオクレースは、父と呼んで慕う男に従いソーヤーポー[*8]の斥候（偵察兵）となった。ソーヤーポーの中には、ブルーコーツ（青服の軍隊）と呼ばれる騎兵隊があった。その時代、凄惨な戦（いくさ）があった。ブルーコーツが、同盟関係にあったクロウ族を伴い、カイユース族とネズパース族が暮らす領土内に容赦なく攻め入った。カイユースのもう一方の兄弟ポリュネイケースは、仲間たちよりも一人先に馬を進めていた。父親は既に死んでいて、母親や祖母たちや他の親族の者たちは餓死寸前であった。皆が北へ逃げていた。鹿道や以前通った道を辿って、別の部族の先住民たちを仲間に、ブルーコーツの力が及ばぬ地へと逃げていた。ポリュネイケースは未だ少年だったが、大人の男のように馬に跨ると、ある冷たい秋の日に、「魔法の線[*9]」に向かって駆けていった。その姿を目に止めたクロウ族は、彼を撃つためにブルーコーツを送った。ブルーコーツの将官カット・アーム（切断された腕）が、自らポリュネイケースの後を追ったものの、捕らえることができなかった。唯一、血を分けた兄弟エテオクレースが彼に匹敵した。そして兄弟は「あの谷」で一騎討ちとなり、互（かたみ）の盾と叫び声と血に絡みついた。一緒に崩れ落ち、共通の血で大地を覆った。二人が産み落とされたときに母親の体から流れた同じ血で、祖国を黒く塗った。抱き合うようにして息絶え、壊れた縁（えにし）の汚点で谷底を染めた。

The sun rose over them; the sun was high and bright when the Blue Coats rode through. The Blue Coats found the brothers and took their horses. A warrior's horse should follow him to the Shadowland, but they were deprived of this rite; even the Crow brother, for his service to the Blue Coats, was not rewarded with the return of his horse on the other side. The Blue Coats stripped the brothers of their clothes, shields, medicine bundles, and war shirts adorned with beads, shells, and strands of their sisters' hair. Soon there was nothing, then, to mark one brother as Cayuse and the other brother as Crow. In a common grave the Blue Coats left them. There the brothers lay beside each other, in their homeland, blood and bone united once more, yet no one there to pray for them, no one there to drum and sing them to the Shadowland, no one to journey with them to the other side, no horses to join them there.

Did the brothers remain forever this way, twined in death? No, not long they lay there. Not many years hence the White Coats arrived. The White Coats came, rent open the earth, tore the brothers apart. The White Gloves measured, indexed, catalogued, and arranged the brothers in separate tombs that were metal drawers, gave them numbers and sealed the vaults. Now, as dawn breaks over the grounds of the museum, the sisters ANTIKONI and ISMENE stand in the exhibit hall of the building that holds their Ancestors, the brothers locked in unholy repose, along with the remains of thousands more.

朝日が二人を照り出した。ブルーコーツ騎兵隊がやって来たときには、陽は遥か南の天空にあった。兄弟を見つけると、ブルーコーツは馬を奪った。戦士の馬は冥界まで主人に付き従うのだが、その儀式の馬が奪われた。クロウ族の方の兄弟でさえ、ブルーコーツへの献身にもかかわらず、あの世で自分の馬を受け取る報いを受けなかった。そしてブルーコーツは、兄弟たちから服と盾と薬の包みを奪い、ガラス製のビーズや貝殻、彼らの姉や妹の髪で飾られた戦闘服[*10]を剥ぎ取った。たちまち兄弟たちは、どちらがカイユース族でどちらがクロウ族なのか、見分けがつかなくなった。ブルーコーツは兄弟を一緒に埋めた。祖国の大地に並んで葬られ、血と骨が再び一緒になった。しかし、太鼓を打ち哀歌を捧げ、二人を冥界に送る者は誰もおらず、あの世への伴侶も伴う馬もなかった。

兄弟たちは、ずっとそのように死においてより合わさっていたのだろうか？　いや、そこに横たわっていたのはわずかな時間だった。数年後には、ホワイトコーツ（白衣の軍隊）がやって来た。ホワイトコーツは、やって来ると、大地を引き裂き、兄弟たちを引き離した。それからホワイトグローブス（白い手袋たち）が、二人の体の寸法を測り、索引を付け、分類目録を作成し、兄弟を別々の金属製の引き出しの墓に収納した。最後に番号を付け、保管室に鍵をかけた。そして、博物館の構内に夜明けの光が差し入る今、アンティコニとイスメーネーの二人の姉妹は、彼女たちの祖先が他の何千もの遺骸と神聖さを欠いた形で閉じ込められている建物の、展示ホールに立っている。

ANTIKONI Ismene, ʔáyi,[1]

We were born into this suffering. That our own blood would be divided

From us, that our mourning could never come to an end, for it can never

Properly begin. Have you heard

The latest decree, that all are forbidden from this place?

Not drum or song or sweetgrass smoke, no prayer may be given

Our Ancestors here.

And what is denied the dead is denied the living ten times again.

We remain the captives with them.

Tell me, ʔáyi, have you heard any news? Do you feel our enemies

Surround us, even those who once called themselves our Friends?

ISMENE Né·neʔ[2]

There is talk enough to go around. But now I hear nothing, from Friend or foe.

Our status is ever precarious. Nothing has changed. The law

Will speak however it wants.

ANTIKONI It is in the shadow of this Hall that I called you here alone.

It is in the shadow of this law that I speak.

ISMENE I fear what I am about to hear.

▶1 "my sister" addressive kinship term for woman's youger sister

▶2 "my sister" addressive kinship term for woman's older sister

アンティコニ　イスメーネー、アイィ[▷1]、
この苦しみは、お前とわたしの運命でした。血を分かつ者たちと引き裂かれ、嘆きに終わりが来ないこと。
そもそも死者を悼むことを、正しいかたちで始められないできたからです。
お前は聞いていますか？　新たな法により、何人もこの場所に立ち入れなくなったことを。
この場所で、太鼓を打ち鎮魂歌を歌い
コウボウを焚き、祖先たちに祈りを捧げられないのです。
そして死者たちから奪われていることは、生者たちから十遍も奪われています。
祖先ともども我々も囚われの身です。
アイィ、何か新しい情報はありますか？
以前は友人だと名乗っていた人びとさえ、我々を追い詰めようとしています。敵に包囲されているのがわかりますか？

イスメーネー　ネーネッ[▷2]
噂話はあふれているのに、今は敵からも味方からも、
何の知らせも聞こえてこないわ。
わたしたちの立ち位置はひどく危うい。何も変わってないわ。法は、
どんな仕方ででも適用されるもの。
アンティコニ　あえてこの大広間の暗がりに、お前だけを呼び出しました。例の法の危険と隣り合わせに、打ち明けましょう。
イスメーネー　嫌な予感がする。

▷1　「わたしの妹よ」。女性が妹を呼ぶときの親族名称。訳註：ネズパース語では、相手を「呼ぶとき」と「呼ばないとき」で言葉が異なる。（日本語の、呼ぶときは「お姉さん」、呼ばないときは「姉」と同様。）また、「女性が呼ぶとき」と「男性が呼ぶとき」で呼び方が異なる［青木 1998:212］。ネズパース語の発音は、The Nez Perce Language Program（http://www. nimipuutimt.org）が音声資料を公開している。
▷2　「わたしのお姉さん」。女性が「姉」を呼ぶ時の親族名称。

ANTIKONI Kreon has made a great purchase for his palace. The warshirt of our
Ancestor, Ataoklas, has been found. Across the ocean it was held, among the
Treasures looted from our motherland. Kreon has bought it and plans to bring it
Back for a great display. A show of the brave Ataoklas, who gave his life for the
State, who killed his own kin for Manifest Dest.
The great warshirt of Ataoklas, along with his bloody káplac,[3] is to be storied in
A gleaming vitrine, while his selfsame body disarticulates beneath the floor.
Kreon speaks of honor for Ataoklas, but the blood-pride of nonʔtáq[4] runs thin. He honors not Ataoklas, nor our faithful himíyu[5] Polynaikas.
By the law of this land we cannot interfere.
We cannot touch the beadwork or leggings
  or the bodies
Brought forth by our grandmothers' labor.
There is a great penalty: prison.
Prison for those who touch the things that truly belong to them, that seek rest
  For those who remain tormented.

▶3 war club
▶4 "our uncle" kinship term for mother's brother
▶5 ancestor, relative

アンティコニ　クレオーンが彼の館に逸品を仕入れました。
我々の祖先エテオクレースの
戦闘服が見つかったのです。
祖国から略奪され海を渡った戦利品の中から見つかりました。
クレオーンは、それを購入し
大展覧会を開催するために持ち帰りました。
勇士エテオクレースのお披露目です。国家に命を捧げ、マニフェスト・デスティニー（明白な運命）*11のためには親族を殺すことも辞さなかった人です。
壮麗な戦闘服は、血痕の付いたカプラッツ▷3*12と並んで
眩いばかりのガラスケースの中から、その栄光を物語るのです。一方足元の地下室では、その勇者の遺体はバラバラのままです。
エテオクレースの名誉のためだと言うけれど、あのノンタク▷4が侍する部族の誇りは上面だけです。彼は、エテオクレースも、部族に忠義を尽くしたヒミユ▷5のポリュネイケースも、敬っていません。
しかし、国の法律により、我々はこれを阻止することができません。
祖母たちが生み出したビーズ細工やゲートル、
先代たちの体に触れることはできないのです。
この法を破れば、禁固刑という酷い罰則が科されます。
本来自分たちに属するものに触れる者、
苦しみから解放されずにいる人びとに安息をもたらそうとする者は、刑務所送りになります。

▷3　戦闘用棍棒
▷4　「わたしたちの叔父」。母親の兄弟を指す親族名称。
▷5　祖先。親類。

Surely ʔáyi, you are aware of all of these things. Soon you will have the
Chance to show how you feel, how noble and true you are
To the path of nú·nim titílu.▶6

ISMENE Né·neʔ, our lives are short and this problem is long. We cannot undo
The designs of five hundred years. Did our Ancestors survive
So that we could throw our lives away?

ANTIKONI I beg you to be one heart with me.
And of the same hand.

ISMENE What do you intend?

ANTIKONI I will bring out their bodies. I cannot carry the burdens alone.

ISMENE You know this cannot be done. Not only Kreon will stop you. The laws
Will stop you. The bodies are ungoverned by us; they are the State's treasure
And the jealous words of the State will snare you.

ANTIKONI ʔáyi, ʔikú·yn nú·nim titílu hiwsí·x!▶7
I cannot betray them.

ISMENE You will go against nonʔtáq then?

ANTIKONI Why not once betray the blood who twice betrayed mine? Who is he to stop me?

▶6 "our Ancestors"

▶7 "Sister, truly they are our Ancestors!"

アイィ、すべて承知のことでしょう。

お前がありのままの気持ちを語るときはすぐに来ます。

高貴な生まれでヌーニム　ティティル[▷6]の歩んできた道に忠実であることを示すときは、まもなく訪れるでしょう。

イスメーネー　ネーネッ、この問題の歴史は長く、わたしたちの短い人生では変えられない。五百年も続いている社会の設計を取り壊すことなんてできない。先代たちが生き延びたのは、わたしたちが命を投げ打つようにするためなの？

アンティコニ　わたしと心を一つにして協力してちょうだい。

手を貸してちょうだい。

イスメーネー　一体何を目論んでいるの？

アンティコニ　彼らの亡骸を運び出します。一人では運べません。

イスメーネー　そんなことできるわけない。クレオーンだけではない。あらゆる法が

お姉さんを止めにかかる。兄弟の亡骸は、わたしたちの管理下にはなく、国家の財産なのだから。

国家の厳格な法によって捕えられてしまう。

アンティコニ　アイィ、イクウーイン　ヌーニム　ティティル　ヒウスィーヒ！[▷7]

彼らを裏切ることはできません。

イスメーネー　では、ノンタクに逆らうおつもり？

アンティコニ　同族の血を二度も裏切った者を、ただ一度裏切ることがなぜいけません？　叔父などにわたしは止められません。

▷6　「わたしたちの祖先」

▷7　「わたしの妹よ、紛れもなく、彼らはわたしたちの祖先です！」

ISMENE Né·neʔ, tim̓né·nekse.[8]

You must hold it in your heart, do not be ruled by a strong head.

Give some thought to our history.

Our father is dead by his own hand, our mother by disease.

Both could not bear their own living flesh.

Our grandfathers and grandmothers were forced to boarding schools, beaten and

assailed by brutes.

Our great-grandparents survived the war,

lived through the Hot Place,

endured Leavenworth,

and prisons filled with children.

Not so many generations back

Our people were slaughtered. Surely you must know

That these rulers have power greater than ours. If we defy the law,

They will make examples of us, punish us.

We are women and have more to lose: our lifegiving, our blood. They take away children, they sterilize mothers. These things they have done.

Listen, né·neʔ, their power is greater than ours on this land.

▶8 "Sister, I worry." Literally:"I think in my heart."

イスメーネー　ネーネッ、ティムネーネクセ▷8。
そういうことは心の中に、ひそかに留めておくべきだわ。強情はよくないもの。
わたしたちの歴史を思い出してちょうだい。
父さんは自らの手で命を殺め、母さんは病死した。二人とも生身の体に負けてしまった。
爺さん婆さんたちは、寄宿学校に強制収容され
野蛮人たちから殴られ、
ひどい暴力を受けた。
曾祖父さん曾祖母さんは、（モンタナでの）戦い*13を生き延び、
「熱い土地」を生きながらえ、
レヴンワース（戦争捕虜として連行されたカンザス北東部）*14
と
子どもたちでひしめきあった刑務所での生活に耐えた。
ほんの数世代前には
同族の人びとは虐殺された。わたしたちの力は支配者たちのそれに比べたら劣っているのよ。
法を破ったりしたら、
見せしめとして罰せられるはず。
女であるわたしたちは、失うものも大きい。子を産み、血を継承することが途絶えてしまう。母親から子どもを奪い、
断種手術まで施す。それが支配者たちのやり方でしょう。
ネーネッ、お願いだから聞いて。この地では彼らの力のほうが勝っている。

▷8　「わたしのお姉さん、心配だわ」。逐語的に、「わたしは心 [tim'né] で考える [nekí]」。

(pause)

And it is not only the State who may punish you. But think of our kinsmen
Of other Red Nations. What will you risk of theirs? You may succeed in your
Dangerous quest—you may bring the lost brothers home.
But surely your fate will befall the others. They will be punished as well.
Perhaps more severely—although I fear you risk already your life.
The Tribes will be angry if your stunt closes the door
To all others who pray for their Ancestors' remains.
Those Tribes who have papers, who are following
The rules as NAGPRA demands. They will lose if you succeed.
Let us work with them, with the path that is the rather than forge ahead
On a doomed course.

ANTIKONI We see things differently. You will not join me in this action.
Do what you will, but I will return our Ancestors home, to give peace
To the living and the dead. And I will soon find this peace.
I am ready for it. It is better to die a noble death than to live as a captive,
Though you bear your chains lightly.
I would die with honor for those whose honor I defend.
I will commit this sacred crime, for I am true
To the Order of the world, the eternal laws, set in motion
Long before this time now, this time that will someday end.

(間を置いて)

その上、お姉さんを懲らしめるのは国家だけに限らない。同族の者たちや他の先住民族のことを考えてみて。彼らにどんな危険が降りかかるか。お姉さんが

たとえその危うい試みに成功して、失われた兄弟たちが帰還できても、

他の先住民たちも同じ仕打ちを受けることになる。皆一様に罰せられてしまう。いや、恐らくもっとひどい目に——とはいっても、お姉さんはもう、自分の身を犠牲にする覚悟だわ。

その無謀な振る舞いのせいで、祖先の亡骸や遺品の帰還を願うすべての人たちの門戸が閉ざされてしまったら、先住民の人たちに、きっと責められるわ。

アメリカ先住民墳墓保護返還法(NAGPRA)に基づく決まりに従い、必要書類を揃えている部族たちにとって、お姉さんの成功は、敗北を意味することになるもの。破滅に向かってひた走るより、

既に開かれている道を通って、皆と一緒にやっていきましょうよ。

アンティコニ　お前とわたしの見解は異なります。お前は力を貸してくれないようです。

好きなようになさい。祖先たちはわたし一人で葬ります。生者と死者の両方に、平安をもたらすために。

そして、わたしも直に、同じ平安を見出すでしょう。覚悟はできています。高貴な死を遂げるのは

囚われの身で生きるより美しいこと。

たとえお前が、自分の軛(くびき)を軽んじているとしても。

わたしは、祖先の栄光を守らんと、名誉の死を遂げましょう。

わたしは聖なる罪を犯します。この世界の偉大な法、

いつか終わりがやって来る今の世よりも、遥か昔に始動された永遠の法則に忠実でありたいのです。

ISMENE I believe in our ways, as you do, but direct action
Against the State is suicide. And for the Tribes there could be consequences.

ANTIKONI Say what you will. You will see what talk has gotten us in all of these years.
I will not treaty that way—I treat with my actions.

ANTIKONI *turns to leave.*

ISMENE Né·ne?, I fear for you.

ANTIKONI Fear for yourself. You accept this unholy order.

ISMENE Be quiet in what you do and I will keep your secret.

ANTIKONI I'd rather you denounced me in public as you do in private.

ISMENE You are choosing the dead over the living. You would restore the one who
Betrayed us, Ataoklas, who rode out against his own brother.
What do we owe him for that?
He made the Cavalry his kinsmen—let him sleep uneasily with them.

ANTIKONI By blood he belongs to us.

ISMENE It is wrong to be foolish with blood.

イスメーネー　お姉さんと同じように、わたしも祖先たちの道を信じているわ。でも、
国家に対して直接行動を起こすなんて自滅的行為よ。ましてや、先住民がそのような行動をとれば、処分されることは確実だわ。

アンティコニ　好きなことを言ってなさい。話し合いでは、これまで何も達成されませんでした。
わたしは、協定を通してではなく、自分の行動で対処します。

アンティコニ、退場しかける

イスメーネー　ネーネッ、心配だわ。

アンティコニ　この誤った秩序を受け入れている、我が身の心配をすることです。

イスメーネー　これからすることは、こっそり隠しておくのがいい。わたしも誰にも漏らしたりしないから。

アンティコニ　ふん。こうして秘密裏に非難するより、むしろ皆の前で公然と非難してちょうだい。

イスメーネー　お姉さんは、生きている人たちよりも、地下の人たちを喜ばせようとしているのね。
裏切り者のエテオクレースの帰還を望むなんて。血を分けた兄弟を攻め討った男よ。
そんな男に、何の負い目があるの？
彼は騎兵隊を自らの親族とみなしたのだから、よそ者らと
安らぎを得ぬまま横たわっていればいいのよ。

アンティコニ　彼にも同族の血が流れています。

イスメーネー　血にこだわるなんて、愚かなことだわ。

ANTIKONI You declare that you are averse to me and to our Ancestors.
We have chosen sides. I will carry ʔí·nim himíyu[9] with me
from exile
To our home in the Shadowlands, across the Five Mountains.
At peace there, we will be beyond the reach of our enemies.
For this dream
I live and will die.

ANTIKONI *leaves.*

ISMENE I cannot stop you on this trial. But I will pray here for you,
As for any warrior away on a quest.

ISMENE *leaves. The* CHORUS of five Aunties, *the counselors of Kreon, enter, wearing wing dresses and moccasins. The leader carries a hand* DRUM, *which she plays as they enter.*

CHORUS (*Drumming stops. Silence.*)

▶9 "my Ancestors/relations"

アンティコニ　今お前は、わたしと祖先たちとに嫌悪を宣言しました。
我々は対立する立場を選んだのです。わたしはイーニム　ヒミュ▷9を抱いて、彼らに伴って、異郷での流浪生活から冥界にある住み家まで、五つの山*15を超えていきます。
敵の手の及ばぬその地で、我々は安らぎを得るでしょう。この夢のために、わたしは生き、命を終えます。

アンティコニ、退場

イスメーネー　お姉さんがこの試練に臨むのを、わたしには止められない。せめてお姉さんのために祈るわ。
遠征に出て行く戦士に捧げるように。

イスメーネー、退場。クレオーンの顧問の
五人の伯母たちからなるコロス（合唱隊）が、
羽根の飾りの付いた服に
モカシン*16を履き、入場。
リーダーは太鼓（ハンドドラム）を鳴らしながら入場

コロス　（太鼓が止み、静まりかえる）

▷9　「わたしの祖先 / 親戚)」(訳註：これ以前は、「わたしたちの」(ヌーニム [nú·nim]) という表現を用いていたが、ここからは一人称単数の「わたしの」(イーニム [ʔí·nim]) を用いている。)

AUNTIE #1 Wá·qoʔ titwatísa ná·qc.[10]

Coyote was going upriver. By chance
He came upon the Gophers, and he taught them
How to roast camas in an underground pit.
They were happy and there was much camas to eat.
One day he told them, *I want to get close to the Sun.*
So Coyote married the Five Gopher Sisters.
He married them and there he stayed for a while with his in-laws.
Then one day he said to his wives, *Make for me a tunnel directly to the Sun,*
With holes so I can breathe.
Now the father of Sun, the Old Man, lived there at Sun's house,
and together they made trouble.
Every time Sun made a kill and brought it home,
The first thing the Old Man would do
is cut off the balls
and eat them raw.

CHORUS Ohhhh ...

▶10 "Now I'm going to tell a story."

伯母１　ワーコッ　ティトゥワティサ　ナークツ▷10。
コヨーテ（山犬）が川の上流に向かって歩いていた。
すると、ホリネズミたちに行き合い、地面に開けた穴の中でキャマス*17を焼く方法を教えてあげた。
ホリネズミたちは喜んだ。食べきれないほどのキャマスが焼けた。
ある日、コヨーテはホリネズミたちに言った。
「太陽の近くに行きたい」
そしてコヨーテは五匹のホリネズミの娘たちと結婚した。
娘たちと夫婦になったあと、ホリネズミの舅姑（きゅうこ）のもとで暮らしはじめた。
ある日、コヨーテは妻たちに言った。
「太陽に真っ直ぐつながるトンネルを掘ってくれないか。
息ができるよう、孔も開けておくように」
当時、太陽の父親の老翁は、息子である太陽の家に同居していて、二人で悪さをしていた。
太陽が狩で獲物を捕らえて家に持ち帰るたびに、
老翁がまず最初に
睾丸を切り出し生で食べた。
コロス　わぁ……

▷10　「さあ、昔話をはじめましょう。」

AUNTIE #1 Now Coyote was getting close to Sun's house
When suddenly:
There was Sun!
And Coyote called out, *Little Brother*!
Sun was surprised, because his back was turned.
Coyote said again, *Little Brother,*
You are sitting in the wrong direction. You are sitting up here to ambush.
Over here is where our fathers—my father and your father—used to go,
Way back then. There's a firepit over here somewhere.
Coyote took Sun and said, *Right here it is!*
Surely here was their fire; here are arrowheads and things.
Coyote quickly dug a hole and pulled out an arrowhead.
And Sun believed: *Yes, surely!* he said.
From Earth's very beginning it was like this,
And this is how it always was.
Coyote says to Sun, *Now let's chase each other, Little Brother.*
Coyote used magic to make water pour from a spring.
Then he said to the Sun, *Let's give ourselves a drink. You first, Little Brother.*
Now Sun put down his war club, and Coyote said to him,
Stop, stop, Little Brother.
Let's do as our fathers used to do—my father and your father—they would hold their war clubs for each other.
And Coyote held the war club for Sun.
Sun put his head in the water to drink,
and Coyote knocked him out.

伯母１　さて、コヨーテが太陽の家のすぐ近くまで来た時だった。
突然、
　　太陽が現れた！
「弟よ！」とコヨーテが呼ぶと、
太陽は驚いた。背中越しに呼びかけられたからだ。「弟よ」、コヨーテはもう一度呼びかけた。
「お前は間違った方向を向いて座っている。
待ち伏せして襲うために座っているだろ。
こっち側だ。こっち側が、僕たちの父さんたち、僕の父さんとお前の父さんが、昔来ていた場所だ。この辺りに火を焚いた穴があるはずだ」
コヨーテは太陽を近くに呼び寄せ言った。「ここだ！　確かにこの場所で火を焚いていた。ここに矢じりやらなにかがある」
コヨーテは素早く穴を掘り返すと、矢じりを一本引き抜いた。すると太陽は、コヨーテの言葉を信じた。「その通りだね！
天地の始まりからずっと、こうだったんだね。
ずっと、変わることはなかったんだ。」
コヨーテが言った。「ねぇお前、追いかけっこをしようよ」
それから魔法で泉を作って水を湧き出させ、
太陽に言った。
「水を飲もうよ。弟のお前が先だよ」
太陽が持っていた棍棒を下に置くと、コヨーテは言った。
「待って、待って。
父さんたちが、昔、していたようにやろうじゃないか。僕の父さんとお前の父さんがやったみたいに、飲みやすいように棍棒は交代で持つのさ」
そして、太陽が自分の棍棒をコヨーテに持たせ、水を飲もうと頭を泉に突っ込むやいなや
　　コヨーテは棍棒を振り下ろし太陽を気絶させた。

Coyote beat him,
And then Sun dropped dead.
Coyote loaded Sun on his back and carried him home.
Coyote traded his clothes with Sun;
he dressed himself in Sun's clothes.
He used magic on himself, saying:
Exactly like Sun I will become.
And that way Coyote, dressed as Sun, carried Sun home.
He carried Sun to his father. First thing:
The father cut off the balls and ate them raw.
The Old Man said,
That sure was kind of bitter:
Always the father would eat like that, and then they would go to bed.
Outside of their tipi
A terrible thing!
A leftover skull placed in a circle.
That Old Man had all the remains they had killed
With their skulls there in a circle.
Coyote felt uneasy.
He lay there, quietly, and soon it became night.
When the Old Man began to snore, Coyote thought to himself,
Ah, yes, now I will leave him.
Then Coyote readied himself and traveled huuuuu ... a great distance, all night.
As dawn arrived, he thought:
Now I am far away. Right here I will take a nap.
When he woke,
Coyote was right back where he started.

太陽は殴られ
ついに倒れて死んだ。
コヨーテは太陽を背中に担ぐと、太陽の家へ向かった。自分の服を脱ぎ、太陽が来ていた服と取り替えた。
太陽の服を着ると、
自分に魔法をかけた。
「太陽そっくりになあれ」
そうして太陽に扮したコヨーテは、太陽を担いで帰った。
太陽は父親のもとまで運ばれた。まず最初に、
父親は睾丸を切り取って生で食べた。
老翁は言った
「今日のはだいぶ渋かった」
父親がそのように食べたあと、一緒にティーピー[*18]の中に入って寝るのが習慣だった。
ティーピーの外には
恐ろしい光景が広がっていた！
円形に並べられた頭蓋骨の残骸が見えた。
老翁は、これまで息子と一緒に殺した者たちの骸を、
頭蓋骨といっしょに円を描くように並べていた。
コヨーテは気味が悪くなった。
そのまま静かにティーピーの中で横になると、直に陽が暮れた。
老翁がいびきをかきはじめると、コヨーテはだまって考えた。
「ちょうどいい。この隙に、ここから立ち去ろう」さっそくコヨーテは身支度をして出発した。
夜通し走って、ずっと、ずっと、ずーっと遠くまで逃げた。
夜が明けると、また考えた。
「かなり遠くまで来たから、ここで一眠りすることにしよう」
目が覚めると、
コヨーテは、なんと元の場所に戻っていた。

Now the Old Man came out and saw Coyote dressed as his Son.

He says, *Why, my Son, are you out here sleeping on the dancing grounds?*

(pause)

Then the Old Man says, *Yes, my little one,*
now surely I feel death close by.

Thus it went—second night,
third night,
fourth night,
to the fifth night.

Every night
Coyote would travel long, take a nap, and wake up to find himself
back at the Old Man's doorstep.

Coyote made a plan: *Just as soon as he goes to sleep,*
Then I will cut off his head. That is the only way I could leave him.

And that very thing Coyote did.
He cut off the Old Man's head.

When he finished cutting it off, then he said to Sun:
You must be separated.

Of you it will be said: This is the light of the daytime.
You will walk across the sky, and never again will you kill.

In the same way, the Old Man will be the light of the night-time. This one will walk across the sky
and never again eat anything raw.
The humans are coming soon.
They are already coming this way.
That's all.

老翁がティーピーから出てきて、息子に扮したコヨーテを見て言った。

「わしの息子よ、なぜお前は外で、踊りをおどる場所で寝ているのかい？」

（すこし思案する）

老翁は言った。「そうだとも。息子よ、

わしはもう先は長くない」

そして次の晩も、

三日目の晩も

四日目の晩も

五日目の晩も、同じように過ぎていった。

毎晩

コヨーテは遠くまで逃げ、一眠りし目が覚めると

また元のように老翁のいるティーピーの入り口に戻ってしまうのだった。

コヨーテは計画を立てた。「あの老翁から逃れる唯一の方法は、あいつが寝入るやいなや首を切り落とすことだ」

そしてコヨーテは事を実行した。

老翁の首を刎ねたのだ。

首を切り落とすと、太陽に言った。

「父親とは別の道を歩くんだ。

お前は、これからは『これが日中の光だ』と言われるだろう。

お前は天空を歩いて横断し、二度と殺しを行うことはない。

同じように、老翁は夜中の明かりとなる。老翁も天空を歩いて横断し、二度と生肉を口にしない。

近いうちに、人間がこの世にやってくる。[*19]

彼らはもう、こっちへ向かっている」

おしまい。

FIRST EPISODE/SCENE II

KREON *enters alone.*

KREON My Elders, my Aunties. Our house that was once teeming with thieves
Is now under our keep once again. I ask to speak privately with you,
Honored counselors in domestic affairs, wise guardians
Of our domestic dependent nations.
I have ascended most humbly to this rank of power
As trusted interpreter of days gone by—bloody battles and tales of valor,
Treacherous acts and land redeemed—such are my stories.
The State sees me its pet, just as I would have it.
Never would it countenance an Indian otherwise.
Think upon our warrior-chiefs: Geronimo,
Sitting Bull, Captain Jack, Joseph.
Imprisoned and tortured they were, in those days.
I have learned from their losses
To *smile* at my bosses
And hold an unforked tongue.
My Aunties, your Nephew asks most humbly for blessing
As I fill this great house with glorious treasure: beadwork, baskets, sealskin boats.

第一エペイソディオン[*20]／第二場

クレオーン、一人で登場

クレオーン　長老たちよ、わたしの伯母たちよ、
以前は盗賊であふれていたこの館が、今は我々の管理下に戻っています。我々の中央政府従属国の
内政顧問であり、賢い助言者でもあるあなた方だけに来てもらったのには訳があります。
わたしは、恐れ多いことに、この権力の座をあずかることになりました。過ぎ去った日々の解釈
——血生臭い戦(いくさ)と武勇伝、
数々の裏切り行為と救済された土地——これらがわたしの描く物語です。
国家はわたしをペットと見ていますが、これは思う壺というもの。
それ以外に、国家はインディアンの存在を認めることはないのですから。われわれの戦士であった酋長たちのことを思えば、これは自明の理でしょう：ジェロニモ、シッティング・ブル、キャプテン・ジャック、ジョーゼフ。[*21]
当時、投獄され拷問にかけられた者たち。
彼らが身を犠牲にして教えてくれました。
　　雇い主（ボス、白人たち）には、にっこり微笑み
本心は口に出すなと。
伯母たちよ、あなた方の甥を祝福してください。
この立派な館を、ビーズ細工の装飾品や籠(かご)、アザラシの皮製ボートといった、世界に誇る重要文化財で満たす仕事に携わる者を。

I speak the Great Law of Peace, Squanto's desire,
and all the brave deeds of dying braves
Who gave up their blood for Democracy.
Recently I've made a most significant acquisition.
The full regalia of the famed Ataoklas,
the great Crow warrior
Who rode out against the Hostiles.
I have brought it home.
Soon I will tell his story as it has never before been told.
Our house will be filled with glory. His name will be spoken with awe
And gratitude and honor. For surely he made great sacrifice
To kill his own for the greater Good and security of our homeland.
Our Titó·qan▶[11] will continue, and we will live in the land of our fathers
Because we make kinship with our countrymen, the Conquerors,
And promise them no harm. I find myself in excellent position
To promote this message most widely. Of course, my Aunties, I open my hand
To my Red brothers and sisters who follow the law of the land.
It will go easier for them, to have a brother interpreter. I can make
A great show of their returns, their ceremonies, of all that is human,

▶11 "Indian People"

わたしが語るのは、スクアント[*22]が願った安寧の大原則と、
デモクラシー（民主主義）のために血を捧げた勇猛なる戦士たちの物語です。最近、わたしは極めて重要な文化財を仕入れました。
　名高いエテオクレースの盛装です。
白人に敵意を抱く先住民の部族を征伐した
あのクロウ族の戦士の盛装を
祖国に持ち帰ることに成功しました。
これから、まったく新しいかたちでこの戦士の武勇伝を語ります。
この館は栄光に満ち溢れるでしょう。エテオクレースの名が、畏怖の念と
感謝と栄誉をもって語られるのです。
祖国の発展と安寧のために肉親を殺すという、大きな犠牲を払った人物ですから。
我々ティトーカン[▷11]が存続し、祖先の大地に住み続けることができるのは、
おなじ国民（くにたみ）の征服者たちと親密な関係を築き、二度と敵対しないと誓うからです。
この意志をくまなく周知するのに、これほど最適な役職はありません。伯母たちよ、当然わたしは、この国の法に従う
赤褐色の膚の兄弟姉妹たちを歓迎しましょう。
身内に歴史の代弁者がいれば、この者らへの風当たりも和らぐでしょう。
祖先の文化遺物の帰還にあたって盛大な展覧会を開き、伝統儀礼や、彼らの人間としての痕跡、残存するすべてを讃えるのです。しかし、

▷11　「インディアン」

All that remains. But those who would be rash—those who hold vigil,
Who plot to take this treasure, who turn to guerilla means —those are the ones
I must deny.
They are not my kin who would violate the hardfought laws,
And I will turn on them to preserve this house.
My Aunties, you see my heart is with my People
And my eye is on the State.

AUNTIE #3 The one who calls himself Nephew
Speaks as Lawyer's child, as one
Who would sign a fraudulent treaty for All.

CHORUS The laws you call upon
Will govern the living as the dead.

KREON Your blessing then, my Aunties?

CHORUS *(silence)*

KREON Our holdings are under guard. I am secure in what I do.

AUNTIE #3 Many things the white man has done
The Indian has done to his own.

KREON Arrows from behind, I know. But do not incite a war against me.

Hesitantly, a GUARD *approaches from behind the museum doors.*

軽率な行動に出る者、抗議の構えをとる者、ここの文化財を奪おうと、
ゲリラ戦のような方法を選ぶ者たちを、許しはしません。
先代たちが命懸けで勝ち取った法令を犯す者は、親族ではありません。この館の存続のためには、反対勢力との対決も辞さない覚悟です。
伯母たちよ、わたしの心は我が民と共にあり、わたしの目は国家を見ています。

伯母3　甥と自称する者が
すべての民に代わって詐欺的な条約に調印する
弁護士の息子のような語り口だ。
コロス　あなたが依拠する法は
生者を死者として統治するものだ。
クレオーン　伯母たちよ、では祝福していただけないのか？
コロス　(沈黙)
クレオーン　収蔵品には警備の目が張り付いています。わたしの仕事も無事に遂行されるでしょう。
伯母3　白人がしでかした多くのことを
インディアンも同胞にしてきた。
クレオーン　身内からの攻撃ですか。わかっていますよ。でも、わたしにたいする反乱は扇動しないでください。

番人、博物館の門の後ろから、
躊躇いながら登場

GUARD Sir, Director, I've come as quickly as I could
Given the fact that I bring a message
That I've been in no rush to deliver, knowing
That hardly worse news could be brought
By foot or by text or by tongue. At various times
Both feet and tongue tried to go other ways, and
Were it not for my honor-bound duty, not to mention
My contractual obligation through the International
Organization of Museum Guards
and Employees Union,
I surely would not stand before you today
Bearing the news of unbearable consequence.

KREON And what news is that?

GUARD First let me say in my defense:
I know nothing of what I am about to speak.

KREON You are a cipher.

GUARD I did not see nor hear this thing that happened. Not
In flesh or film was it captured.

KREON Whatever it was seems captured in your mouth.
Or in that large empty receptacle at the end of your neck.

GUARD It is not easy to say.

KREON Out with it! You try my patience.

GUARD Okay, then. Here it is:
The warrior brothers are gone.

KREON Gone! You mean they have been moved.

GUARD Yes. Moved. Removed. Out of the building.

KREON What are you saying? Artifacts are missing?

番人　館長、わたくしはできる限り急いでやって参りました。これからお伝えすることが、お届けしたくない内容であることを考慮すれば、それはもう、大急ぎで駆け付けました。

おそらく、これより悪い話は、手紙やメール、いや、電話でも届けられることはないでしょう。道中、あちこちで足と舌が違う道へ行こうとしました。

仮に、わたくしの名誉がかかった道義上の責任がなければ、さらには

国際博物館警備員組合を介した契約上の義務がなければ、

あなたのもとに、今日

こんな恐ろしい結果をもたらす知らせを持って参上しておりません。

クレオーン　何の知らせだ？

番人　まず、我が身の潔白を述べさせて頂きます。

これから申し上げることに、一切関与しておりません。

クレオーン　しょうもないやつだ。

番人　その出来事を目撃しておりませんし、それらしき音も聞こえませんでした。

犯人も、その姿を捉えた映像も見つかっていません。

クレオーン　それが何であれ、言いたいことは口先まできているようだな。

お前の首の上にある大きな空っぽの入れ物の中にも入っているようだ。

番人　お伝えし難いことでして。

クレオーン　　さっさと話せ。わしをばかにしているのか。

番人　わかりました、では申します。

あの戦士で名を馳せた兄弟たちがいなくなりました。

クレオーン　いなくなっただと！　移動されたということか？

番人　はい。移動された。運び去られた。建物の外へです。

クレオーン　今、何と言ったのか？　文化財が行方不明なのか？

GUARD Yes.

KREON How could this happen? Surely you are mistaken.

GUARD I am not mistaken nor am I alone a witness of the vault
That once was still in slumber but now speaks
The echoes of cries and footfalls, the panic of guardians unaware
Of the treasure slipped through the doors. Not only human remains are missing,
but all the magnificent testimony
of their warrior lives: warshirts and coup sticks,
beaded cuffs and painted shields.
(*to* CHORUS)
The mystery of it remains how the heist was carried out. The moment theft was discovered,
We locked down the grounds, hoping to
Ensnare the thief red-handed. Or thieves, shall I
say, for no one person could possibly bear
The weight of this catalogue alone.
The curious thing—we found no evidence. We found
Not a trace of entry or exit. Not a whisper of movement
Or a shadow of sound recorded on camera.
Every eye failed us.
It was as if a wind had borne it all away, but even wind leaves tracks,
And we found none. A thorough search ended when we turned
Anxious hands upon each other. *An inside job*, we cried, pointing

番人　左様でございます。

クレオーン　まさかそんなことがあるものか。お前の勘違いだろう。

番人　わたくしの勘違いでも、わたくし一人で地下の貴重品保管室を確認したのでもありません。あの保管室はこれまで
静寂に包まれていましたが、今は、収蔵品が監視を逃れて運び去られたことに慌てふためく警備員たちの
叫び声と足音が鳴り響いています。なくなったのは、人骨のみではありません。
兄弟の武勇を雄弁に物語る品々、つまりは、
戦闘服や握斧、ビーズの装飾が施されたカフス（袖口）、彩色された盾、これらすべてが消えております。
（コロスに向かって）
一体どうやって犯行が行われたのかは、謎に包まれています。盗みが発覚してすぐに、わたしどもはその泥棒を
現行犯で捕らえようと館内を封鎖しました。いや、一人の泥棒というよりは、窃盗団と申すべきでしょう。
誰もあの目録にある品一式を、一人で運び出すことなどできませんから。
不思議なことに、何の痕跡も見当たりません。盗人が出入りした跡がないのです。
カメラにも、微かな人の動きや音が何一つ記録されていない。すべての監視の目をかいくぐっているのです。
まるで風がそれら一式運んでいってしまったかのようでした。しかし、風であっても痕跡は残します。
それらしいものは何も見つかりませんでした。徹底した調査の挙句、わたしどもは互いに
疑いの矛先を向け合いました。内部の犯行だ！と

Index fingers to each other's chests, where pounded hearts newly rent.
Our Union now unraveled in fears of fraternal betrayal. One of us
Would succeed in deception, while all of us would fall. Not one of us
Can be saved, though we swear to submit to future inquisitions,
Give blood-oaths, and tie our souls to the polygraph's quiver.
(*to* KREON)
Kind Sir, I give my word:
Each of us remained at his appointed post, yet none of us
Bore witness to this ugly turn of events.
My heart bleeds as I speak; it is beyond explanation.

AUNTIE #3 You will find your red-handed thief.
She is red-handed indeed.

KREON *To* CHORUS OF AUNTIES
Your words suggest that you see more than you say.
You may wish to confound me with riddles, but Elders,
Surely you see that through this theft greater things may be stolen
Not only from me but from you. Now consider
Who wishes to strip me from this post.

互いの胸に人差し指を向けて叫び、早鐘を打っていた胸がふたたび引き裂かれる始末でした。
わたしどもの組合は、今、仲間に裏切られるかもしれない恐怖から、崩壊が始まっています。たとえ組合員の一人が欺き通すことができたとしても、
わたしども全員が職を失うことになります。
今後取り調べに協力すると誓い
血の宣誓をし、嘘発見器の振動に魂を磔(はりつけ)たとしても、
誰一人解雇を免れることはないでしょう。
(クレオーンに向かって)
館長、わたくしの言葉を信じてください。
わたしどもは皆、それぞれの持ち場で任務についておりました。しかし、この身の毛がよだつ事件を目撃した者がおりません。
こう話しながらも心がひどく痛みます。説明のしようがありません。

伯母3　直に現行犯（red-handed）の盗人が見つかるでしょう。
その娘の手は現に赤褐色だ（red-handed）。

クレオーン　伯母たちのコロス（合唱隊）に向かって
その物言いから察するに、何かご存知のようだ。
わたしを狼狽させようと、謎をかけてみたところで、
長老たちよ、今回の盗難によって多大な損失をこうむるのは、何もわたしだけではなく、あなた方自身でもあるのはおわかりのはずです。わたしからこの役職を奪おうとするのは、一体だれでしょうか。

Who wishes to silence my revisions, my visions, of history
Those who see me a wolf at the door—are they the ones you would favor?
For though I am the Headman here, I remain
A government-appointed chief, granted powers to sign
The futures and pasts of our People.
This theft is a conspiracy
To steal from me, from you, the right to hold our Ancestors in honor
To rule the museum, to sign the deeds, to show what remains of our Nations
Within this nation. They will have my head, so to speak, when this loss comes to light.
An Indian is yet a savage, after all, under *their* law.
And truly an Indian is most capable of this savagery. My kin
Are worthy warriors, refusing captivity, serving another Order. I fear them
More than the Americans. Was it one of our own who did this?
I have enemies above and beside me.

(Pause. KREON *paces, then stops.)*

But perhaps I'm taking this too personally. It could be no more than thieves

どこの輩が、わたしによる歴史の改訂や歴史のビジョンを抑圧しようとするでしょうか。
わたしが猫をかぶっていると考える者たちです。あなた方は、そんな者たちの肩をもたれるのですか？
というのも、わたしはここでは頭（かしら）ですが、それは
先住民の「未来」と「歴史」に署名する権限を政府に与えられ、任命された組織の長という限りにおいてです。
この盗難は陰謀です。
祖先を敬い、
博物館を治め、捺印証書に署名し、この国に残る先住民の遺産を展示するという権利を
我々から奪い取る企みに違いありません。この件が明るみに出たら、わたしの首がやつらの手に渡ることになります。
やつらの法の下では、インディアンはとどのつまり野蛮人です。
そして、インディアンはこの種の野蛮行為に長けています。わたしの親族は、捕虜となり、外部の権力に服することを拒んだ立派なつわものたちです。
わたしには、植民者たちよりも、インディアンのほうが恐ろしい。この一件も、もしかすると身内の仕業かもしれません。
上にも周囲にも、わしには敵ばかりなのです。
（沈黙。クレオーン、行ったりきたりして、立ち止まる）
いやいや、ちょいと個人的にとらえすぎかもしれん。単に泥棒どもが闇市で一儲けするために、

Who greased the hands of our guards to gain a fine bit of capital
For the black market, which trades in bones and measures in scarcity.
To them, giving life to a dead Indian is greater
Than taking life from a living one,
although in one act
They accomplish both.

To GUARD

Let me tell you this: punishment awaits you
Who have been trusted with Government treasure.
In these days
Of War and Terror it will not go lightly on you
To show the slightest crack in security. You guards are one tribe
Under Homeland Security, and we are here in the Capitol, where demands
For statesmen and tourists are most extreme. I advise you to find
The conspirators among you, to seize the hands unfaithful
To your tribe and nation, and bring them to justice.

GUARD May I speak a word?

KREON Is it not obvious how much your words annoy me?

GUARD Is it your ears or your heart that is troubled?

KREON What do you care of my pain?

GUARD The one who did this hurts your heart. I only hurt your ears.

KREON *(exasperated)* You, my man, are a pain in the ass.

ここの警備員たちに賄賂を使ったにすぎないかもしれぬ。
闇市では骨が売買され、値段は希少価値で決まるからな。
この種の泥棒は、生きているインディアンの命を奪うことよりも
死んでいるインディアンに命を与えることに精を出すもの。もっとも、
一挙両得、一方をすれば二つとも完了してしまうのだが。

番人に向かって

断言しよう。政府の重要文化財を任されていたお前たちは罰せられる。
テロと戦争の時代の今日、
警備上のわずかな落ち度も処罰されずにはいかぬだろう。お前たち警備員は、アメリカ合衆国国土安全保障省の下に一つの部族をなしている。そして、
ここ国会議事堂[*23]では、政治家と観光客のセキュリティに関する要求は極めて高い。
これは忠告だ。お前たちの中から陰謀者を見つけ出し、
国土安全保障省と国家に不実な輩（やから）を逮捕し法廷で裁きにかけるがよい。

番人　一言、よろしいでしょうか？
クレオーン　お前の物言いが癪に障るのが、まだわからぬのか。
番人　それはお耳に障りますか、それともお心に？
クレオーン　どうしてまた、痛む場所を特定などする？
番人　この盗みを働いた者は、あなたのお心を砕きますが、わたくしはお耳だけ。
クレオーン　（いらだちを募らせる）お前のような使用人にはうんざりだ！

GUARD I see that, Sir. But I did not do this deed, and neither did our men.

KREON You did! You sold our bones and your souls.

GUARD Ah!

This one cannot be convinced.

KREON If you wish to convince me, bring forward the one who did this.

KREON *retreats to his office*

GUARD *Calling after* KREON, *who does not hear him.*

May the perpetrator be caught! But whatever the case

I depart now for refuge with my Union, who will defend me

Against these unwarranted claims and the defamation of my men.

He leaves, heading beyond
the walls of the Museum, into the city.

The CHORUS *performs.*

AUNTIE #2 Wá·qoʔ titwatísa ná·qc.

They were living there, a handsome young man and his sister.

One day Grizzly Bear moved into their house with them. They lived that way

番人　わかります、館長。しかし、わたくしも仲間たちも、このことをやった犯人ではありませんので。

クレオーン　お前たちの仕業だ！　我々の骨とお前たちの魂を売り渡したのだ。

番人　なんてこった！

まったく聞く耳をお持ちでない。

クレオーン　わしを説得したければ犯人を連れてくるがよい。

クレオーン、館長室に戻っていく

番人　クレオーンに呼びかけるが、声は届かない。

犯人が捕まりますように！　いずれにせよ、これから組合へ行き保護を受けよう。俺への不当な非難や仲間たちへの名誉毀損に対抗するために、組合に守ってもらわねば。

番人、博物館の門を抜け街へ出ていく

コロスによる斉唱

伯母２　ワーコッ　ティトゥワティサ　ナークツ。

あるところに、美しい青年と妹が暮らしていた。

ある日グリズリーが彼らの家に舞い込んできた。しばらくの間、三人で一緒に暮らさなくてはならなかった。

For some time, because there seemed no way to get Grizzly Bear out.

Grizzly Bear was cruel to the sister and made her a slave.

Grizzly Bear even made the sister use her own hair to wipe Grizzly Bear's backside clean.

The young man was distressed and felt sorry for his sister.

One day he was out hunting, and he accidentally stepped on Meadowlark and broke her leg.

Auntie, he said to her, *please tell me. How can I get rid of Grizzly Bear*?

I'll make you a madrone-stick leg if you tell me what to do.

Meadowlark told him, *Make your house very strong so no one can get out.*

When Grizzly Bear falls asleep, sneak out quietly and set a fire around the house and burn her up.

That's the only way to get rid of her.

The young man thanked Meadowlark and made for her a new leg.

He did exactly as she told him; he set the house on fire as Grizzly Bear slept.

The young man and his sister slipped out.

Grizzly Bear woke and ran from one end to the other, trying to get out.

As everything was burning, the young man said to this sister,

グリズリーを追い出す方法が見つからなかったからだ。グリズリーは妹を虐待し奴隷にした。

さらに妹の髪で自分の尻を拭かせたりもした。青年は悲嘆にくれ、妹を哀れんだ。

ある日、青年が狩に出かけたとき、うっかりマキバドリを踏んで、このおばさん鳥の足を折ってしまった。

「おばさん」と、青年はマキバドリに言った。「どうしたらグリズリーを追い出すことができるか教えてください。

もし教えてくれたら、あなたにマドローニヤの木で足を作ってあげましょう」

マキバドリは青年に言った。「誰も外へ出られないよう、ティーピーをしっかりと固定しなさい。

グリズリーが寝入ったらこっそり抜け出して、周りに火を放ち焼き殺すのです。

それが自由になれる唯一の方法です」

青年はマキバドリに礼を言うと、新しい足を作ってあげた。そして言われた通りに、グリズリーが寝入るとティーピーに火をつけた。

青年と妹は、そっとティーピーから抜け出した。

目を覚ましたグリズリーは、逃げ口を探してティーピーの中を走りまわった。何もかも燃えている中で、青年は妹に言った、

Qáni,[▶12] *let's go now. Run and don't look back!*

He told her to come quickly, but she lagged behind.

Then *BOOM!*

There was an explosion.

The sister looked back.

Grizzly Bear called to her: *Sister-in-Law! This is yours! Take my teeth!*

The girl caught the teeth and hid them away.

Her brother asked her: *What do you hide? What did you catch?*

The girl said, *Oh nothing, nothing.*

The brother ran ahead.

He could hear her footsteps behind him.

He could hear her breath.

The breathing became louder.

The footsteps became heavier.

He continued to run.

The girl put the teeth in her mouth

The breath was loud and heavy, very clear now

Closer, closer, he heard her breathing

▶12 "Little Sister," addressive form for man

「カニ[▷12]、さあ逃げよう。走るんだ。燃えているティーピーを振り返っちゃだめだよ！」

兄に急かされても、妹はぐずぐずしていた。途端に、ドーン！

　爆発が起きた。

　妹は振り返った。

グリズリーが叫んだ。「義理の妹よ！　これはお前さんのもの。わたしの歯を持っていきなさい」

歯を受け取ると、娘はそれを隠した。

兄は聞いた。「今、何を隠したの？　何か受け取ったのかい？」

「いいえ、何でもないわ」と、娘は答えた。

兄は前を走った。

　後ろで妹の足音が聞こえた。

　　息づかいも聞こえた。

息づかいがしだいに荒くなっている。

　足音も重たくなっている。

　　兄は先を走り続けた。

娘は隠していた歯を自分の口に入れた。

　荒々しい、大きな息づかいが、はっきり聞こえてきた。

　　そしてぐんぐんと青年に近づいてきた。

▷12　「妹よ」。男性が妹を呼ぶときの親族呼称。

She became Grizzly Bear!

She chased her brother but he ran ahead. He took a knife

And split open the land, making a wide gulch

Difficult for Grizzly Bear to cross. He was able to cover more distance. Still,

Grizzly Bear went on tracking him.

He came to a hill and looked down. He saw someone there.

It was Pissing Boy, jumping back and forth, singing a song.

The young man ran to Pissing Boy.

ʔácqa,▶[13] *Little Brother, hide me! Grizzly Bear is after me!*

Pissing Boy said, *No. Not until you address me differently.*

The young man thought of every kinship term he could. *peqí·yex*!▶[14] and *máma*!▶[15]

He tried qaláca?▶[16] and piláqa?▶[17] and other kinship words.

Each time, Pissing Boy said *no*. Finally he said, *cikí·wn*!▶[18] *Brother-in-Law!*

Hide me!

▶13 man's younger brother addressive
▶14 man's brother's child/nephew addressive
▶15 man's sister's child/nephew addressive
▶16 father's father
▶17 mother's father
▶18 brother-in-law

妹はグリズリーになっていた！

そのまま兄を追いかけてきたが、未だ追いつきはしなかった。
　兄は小刀を取り出すと

大地を二分し切り立った峡谷を作った。

グリズリーが容易に越えられないようにして距離をかせいだ。
　でも、

グリズリーは後をずっと追いかけてきた。

ある丘まで来ると、青年は下を見下ろした。誰かの姿が目に止まった。それは小便小僧で、飛び跳ねながら歌を口ずさんでいた。

青年は小便小僧のところまで走っていくと、

「アッカ▷13、弟よ、僕を匿(かくま)ってくれないか！　グリズリーに追われてるんだ！」と言った。

小便小僧は答えた。「やーだよ、ちゃんとした名前で呼んでくれないと」

そこで、思い浮かぶ限りの親族呼称で呼んでみた。「ペキーイェへ！▷14」や「ママ！▷15」

それから「カラツッ▷16」と「ピラカッ▷17」。もっと別の親族名称も試してみた。

そのたびに、小便小僧は、「いや違う」と言った。青年が最後に「ツィキーウン！▷18　義理の弟！
　匿(かくま)ってくれ！」と言うと、

▷13　「弟よ」男性が弟を呼ぶときの親族呼称。
▷14　「甥っ子よ！」兄または弟の息子を、男性が呼ぶときの親族呼称。
▷15　「甥っ子よ！」姉または妹の息子を、男性が呼ぶときの親族呼称。
▷16　「おじいちゃん」父の父
▷17　「おじいちゃん」母の父
▷18　義理の兄弟

That's it! said Pissing Boy, and he hid the young man in his braids.

He went back to singing and jumping as he had done before.

Soon Grizzly Bear arrived, following the young man's tracks.

Do you see my prey around here? she asked. *I see his tracks. Where is he?*

Pissing Boy answered, *Oh, are you the only one who eats humans?*

I caught him long ago.

She laughed and said, *When did I ever eat humans?*

Pissing Boy said again: *I took him long ago.*

You're just talking nonsense, Grizzly Bear said.

I'll kill you! Pissing Boy warned.

Grizzly Bear fell on her back laughing.

And this is what Pissing Boy did. He turned and peed on his hand, then threw it in her face.

Grizzly Bear dropped dead.

That's this much of the story.

「その通り！」と、小便小僧は自分の編み込んだ髪の中に青年を隠した。そしてまた、先ほどのように飛び跳ねながら歌いはじめた。

直ぐに青年の足跡を追ってグリズリーがやって来た。

「獲物を見かけなかったか？」とグリズリーが聞いた。「足跡を見たぞ。どこにいった？」

小便小僧は聞き返した。「人間を食べるのはお前だけかい？

あの青年なら、だいぶ前に食べちゃったさ」

「わしがいつ人間を食べたって？」グリズリーは声をあげて笑った。

「とっくの昔に食べちゃったさ」と、小便小僧は繰り返した。

「嘘つき小僧め」と、グリズリー。

「食べちゃうぞ！」と言って、小便小僧が脅すと、

グリズリーは笑い転げた。

それから小便小僧が何をしたかって？ 後ろを向いて手の中に小便をすると、それをグリズリーの顔めがけて投げつけた。

グリズリーは倒れて死んだ。

この話は、今はここまで。

SECOND EPISODE/SCENE III

The CHORUS *notices the* GUARD *returning, bringing* ANTIKONI *with him as a prisoner.*

AUNTIE #3 Who is this poor one, borne in the arms of the Guard,
Returning now? Surely she is nu·nim páplaq[▶19]
Antíkoni, yúʔc yiyé·ẁic[▶20]
Poor, unfortunate one, the child of divided blood, divided land
Who chooses to die under one law rather than live under two.

GUARD Here's the one you seek! Here is the one who would steal
What by rights belongs to the State. But where is Kreon?

CHORUS *As they reply,* KREON *appears from his office.*

Koná hipá·yca.[▶21]

KREON ʔehé, pa·ytóqsa.[▶22]

▶19 "our granddaughter," maternal side
▶20 "poor, pitiful one"
▶21 "There he comes/arrives."
▶22 "Yes, I return/circle back."

第二エペイソディオン／第三場

コロス、番人が囚人となった
アンティコニを連れてくるのを見る。

伯母3　警備員の両腕に抱えられて、こっちに戻ってくる、あの可哀想な娘は誰でしょう？　まぎれもなくヌーニム　パプラク[▷19]のアンティコニ、ユッツイエーウィッ[▷20]

なんて哀れで不仕合せな娘。引き裂かれた血、分断された大地の子。

二つの法の下に生きるよりも、一つの法の下で死ぬことを選んだ子。

番人　お探しの犯人を連れきてきました！　国家の財産に手を出すことも憚らなかった窃盗です。で、クレオーンはどこに？

コロス　クレオーン、伯母たちが答えているときに、
館長室から現れる

コナ　ヒパーイツァ[▷21]。

クレオーン　エヘ、パーイトクサ[▷22]。

▷19　「わたしたちの孫娘」娘の子。
▷20　「かわいそうな子」
▷21　「あそこよ、彼がやって来る。」
▷22　「そうだ。わしは戻って来た。」

GUARD My Chief, I return, once believing
That these gates would be closed to me forever,
That the only institution of the State that could admit me
Were I to admit guilt—though guiltless I would be—is the prison,
Not your grand hall, your showcase of captivity.
Only because the Heavens favored me
Did I come upon this one, this girl, this thief
Carrying away the remains, bearing the treasure of the State
To some other resting place.
May this one soon be on her way to the Shadowlands as well,
This one who loves the dead
And may my honor be restored by her passing.

KREON And this one, how did you catch her? Was she yet on the grounds?

GUARD She was bearing the bones away herself. Just beyond the gate.

KREON My man, you know the nature of this charge? You testify to truth
in matters of a federal crime?

番人　館長、戻って参りました。

この門から永久に閉め出されてしまったと、一度は確信しておりました。

もし罪を認めたら——もちろん潔白なのですが——国家の機関の中でわたくしを受け入れてくれるのは、先住民の文化遺物を幽閉し陳列するこの大展示場ではなく、刑務所だけだと。

　幸いにも天から助け舟が出て

犯人を突き止めることができました。この娘、この泥棒が人骨を、国家の重要文化財を、

どこか別の安息の地へと

運び出しているのを見つけたのです。

死者を愛するこの娘も、

即座に冥界に落ちていきますように。

そして娘の死をもってわたくしの名誉が回復しますように。

クレオーン　この娘が犯人だと、どうやってわかったんだ？　娘はまだ事件現場にいたのか？

番人　この者は、一人で骨を運んでおり、ちょうど門を出たところでした。

クレオーン　お前には、この告発の重大さがわかるか？　連邦犯罪であると断言できるのか？

GUARD My sight is true, and my words follow.
The appearance of this girl with dry blood, now dust on her hands
And ancient words on her tongue
Turns me from traitor to hero, from man to myth.
Here is your body of evidence!
Her body has much more in common with yours, my Chief,
As I share not blood nor favor
With this Indian girl.
Forgive me, Sir, for speaking so forthrightly.
I fear for you now under the law
As the Feds will see you as accomplice, and me
As the noble whistleblower, and I
Will be afforded every protection
that would be yours by rank,
but trumped by blood.

KREON *To* ANTIKONI
ʔikú·ytimx! ▶23
Speak to me in the language of truth.

ANTIKONI hi'ná·k̓ata. ▶24

KREON *To* GUARD
You heard her.

▶23 "Tell the truth!" Literally: (speak) truth-language!

▶24 "She carried (something) out." The root of the verb is "out," and the prefix is "carry," placing emphasis on the action of going out. Here Antíkoni uses an older convention of Nez Perce speech, employing third-person form to express intensity.

番人　目撃した確かな事実をお伝えするのみです。

娘の手には乾いて塵となった兄弟の血が付着し、口からはいにしえの文句が聞こえてきます。この見てくれが、

わたくしを裏切り者から英雄に、平凡な人間から神話の主人公に変えるのです。

ここにいる者の貌（かたち）が犯行の証。

館長、この者の体は、あなたの体とより共通点が多い。

わたしには、このインディアンの娘と

血のつながりもなく、また優遇（ひいき）する理由もありません。

あけすけな発言を、館長、どうぞお許しください。

今となっては法の下での、あなたの身の上が心配です。

連邦捜査局は、あなたを共犯者、わたくしを

高潔な内部告発者と見なすでしょう。さらには、本来あなたの地位に保証されていた法の保護を

あなたは血の切り札によって失い

代わりにわたくしがそれらの恩恵を受けることになります。

クレオーン　アンティコニに向かって

イクーイティムヒ！▷23

真実の（イクーイ）言葉（ティム）で、話しなさい。

アンティコニ　ヒナーカタ▷24。

クレオーン　番人に向かって

聞いたか？

▷23　「真実を話しなさい」逐語的に：真実 [ʔikú·y] の言葉 [tim]（を話しなさい）！

▷24　「彼女が運び出した」。ʔiná·k'atsa が動詞。この動詞の語根は「外へ」[ʔá·t]、「運ぶ」[ʔinek] が前接辞（prefix）。この言葉を用いることで、外に出る行為であることを強調している。また、文頭の「ヒ」[hi] は、ネズパース語の三人称の前接辞。三人称を用いるのは、ネズパース語の古い会話表現。アンティコニは三人称を用いて、自らの行為の度合い（強烈さ、激しさ）を強調している。hi'ná·k'ata「彼女が運び出した」。

Pause. KREON *stares at* GUARD, *who doesn't know what to do.*

GUARD Sir, with all respect. I don't speak—

KREON Ah! If only you didn't speak at all! How quickly possession changes your register.
You who earlier cowered in fear
Now speak as a master. But you have not mastered our language, have you?
Perhaps you thought it dead?

GUARD No. No, Sir. Not dead at all.

KREON Very well, then. Perhaps you are not entirely worthless, although your greatest
Capital is your captive.
Do you not wish to know how she has assessed herself?

GUARD *nods anxiously.*

KREON She said she is guilty.

ANTIKONI Uncle, I object to your translation. Guilt is not on my tongue or my heart.
Truly I am most free of guilt.
I said only that I carried out.

KREON You carried out a crime.

クレオーン、話を止め番人をじっと見る。
番人、答えに困る。

番人　館長、無礼をお許しください。わたしにはネズパース語が……

クレオーン　ああ、お前が言葉というものを一切話さなかったら！　犯人を捕らえた後の、お前の表情と身振りの変わりようときたら。
さっきまでびくびくしていた者が、
今は主人のような口ぶりだ。だが、我々の言葉は使いこなせないようだな。違うか？
もしや、滅び去った言語だと考えていたか？

番人　いいえ、館長。滅んだなんて。

クレオーン　そうか。まったく値打ちのない者でもないようだ。だが、お前の最も価値ある財産は、お前が捕まえた娘だ。
娘がどのような審判を己に下したか、知りたいか？

番人、切に頷く。

クレオーン　「わたしは有罪だ」と言った。

アンティコニ　叔父様、その翻訳は間違っています。罪の意識など、舌にも心にもありません。

むしろ罪悪感からすっかり自由になりました。
わたしはただ「運び出した（carried out）」と言いました。

クレオーン　お前は、犯罪を実行した（carried out）。

ANTIKONI Again you translate me wrongly. You move me across,
From the arms of my family to the chains of the State.
You twist my tongue to unlock your laws.
I do pity you, Uncle, for you have long ago admitted yourself
To this prison, a darkness of another name.

KREON And do you say, My Child, that there is no difference
In the prison between the inmate and the warden,
Though both abide within? Surely you know better.

Gestures for the GUARD to leave. He departs.

ANTIKONI Are not the prisoner and the warden equally made of flesh? Are they not equally
Bound to the laws of Creation, to the turn of the Earth? Living and dead,
Humans belong to the same Order that turns and turns around itself,
Not to these unholy states
of suspension: the prisoner doing time, the artifact preserved.
These are human laws—though they are not humane—that would defy
Ancient laws. These unjust laws make a captive of
Time itself.

アンティコニ　また誤って訳されている。叔父様は、わたしを家族の腕の中から引き離し、国家の鎖につなぐおつもりですか。
叔父様の法を適用するために、わたしの言葉をねじ曲げるのですね。
刑務所という名のこの暗闇に、ずっと以前からその身を収容されている叔父様こそ、お気の毒だわ。

クレオーン　ならばお前は、刑務所の中では、
囚人であろうが刑務所長であろうが変わらないと言うのか？　どちらも刑務所の中にいることは間違いないが、当然、大きな違いがあるとお前も承知だろう。

番人に向かって立ち去るよう手真似で示す。番人、退場。

アンティコニ　囚人だって刑務所長と同じように、生身の人間です。
どちらも天地創造の法則や地球の回転から逃れられません。違いますか？　人間は、生者も死者も、同じ秩序に属します。その秩序の回帰と運行は、中断されることがありません。
囚人が未だ服役中で、文化遺物が幽閉されたまま。そのような、断ち切られた、神聖さを失った状態に身を置くものではありません。
後者は、太古からの法に逆らう人間の法です。人間が作った法ですが、人間味に欠けます。
そして、その不条理な法により時間さえも捕えているのです。

KREON Your weakness, Little One, is that you cannot calculate difference
in degree or kind.
It makes for rather brittle politics.
Perhaps I may interest you in a story.
I have recently acquired a rare collection of
projectile points
Made by the famous Yahi Indian, Ishi.
When he lived—or as you may say, when he was a
captive—at the museum in California
he occupied himself by knapping arrowheads
from the glass bottoms of bottles.
Spectators came from far and wide to admire him as he worked. His creations
are most beautiful: impossibly long, elegant, and perfectly formed.
But completely nonfunctional. Shoot one of those at a mountain lion and the point would snap in two.

ANTIKONI How dare you translate Ishi this way? You cast him as an artist in his studio,
not the living exhibit he truly was—
Though I hardly call it *living*, a human being alone.
It's not how we were meant to live.
The museum preserves the life of things longing to die, while
Killing the Man, the last of his kind, whose tongue cruelly died before him.
Ishi's admirers loved him to death.

クレオーン　若い娘よ、お前の弱みは、物事の
程度や類いがいかように違うかを推し測れないことだ。
だからお前が思いつく戦略も脆く砕けやすい。
喩え話のほうがお前にはわかるかもしれん。
わしはこの前、かの有名なヤヒ族のインディアンのイシが作った
矢じりの
希少なコレクションを入手した。
イシは、カリフォルニアの博物館で生きていたときに——お前の言い方をすれば、人質であったときに——瓶の底のガラスを打ち砕いて矢じりを作ることに没頭していた。
遠方からもたくさんの見物人が来場し、イシが作業する光景を感心して眺めていた。
イシの矢じりは、
とても美しい。極端に長く、上品で完璧な形をしている。
だが、まったくもって機能性に欠ける。クーガーめがけて放てば、先端は真っ二つに折れてしまう。

アンティコニ　よくもそのようにイシについての説明ができるものです！
彼にアトリエの中の芸術家であったかのような役を割り当てて、
生きたまま見せ物にされていた事実を歪めています。
いいえ、「生きたまま」とはとても言えません[*24]。たった一人にされてしまった人間を、「生きている」なんて。
我々に、そんな形で生きる慣わしはありません。
博物館は、死を待ち望む遺物の寿命を延長する傍ら、
最後に残った人間を殺す場所です。仲間が死に絶え、自らの命が消えるより前に、哀れにも母語が滅んでしまった人間を。
イシを感心し眺めた人たちの愛によって、彼は死んだ。

KREON I do not dispute that he was a captive. I dispute that he was a slave.
Though no one remained with whom he could speak, his language remains.
Our languages do not die, though sometimes they sleep.
Ishi sang to himself, he recorded his voice, and he laughed in the faces of those curious fools.
But Child, you're missing the *point*, shall we say, of my story.
Shall I spell it out? Your politics are glass arrowheads.
Perfect, beautiful, and brittle.
And, need we say? Absurdly outmoded for the time.

ANTIKONI What you call politics I call waq̓í·swit—a way of life.

KREON It is a way of death. Their law makes it so.
Your deeds, however holy to you, will not go unpunished.

ANTIKONI Oh, to confound justice with laws!
You abide by the State, by laws made by man and upheld by force.
You abide with the State, you lie with your colonizers.
Surely you know as I do a greater Law, our tamá·lwit▶25
That our Elder Brother set the Earth in motion,
And the Earth lies with its head to the East,
Its feet to the West, and its arms to the North and the South.

▶25 law

クレオーン　イシが囚われていたのは確かだ。だが奴隷のように扱われていたと言うには異論がある。
話し相手となる仲間は一人もいなかったが、その言語は残っている。
我々の言語は滅びない。ただし眠ることはある。
イシは歌を口ずさんだり、その声を録音したりした。そして来場した好奇心旺盛な愚か者たちの顔に向かって微笑んだりしたではないか。
ところで、お前はわしの喩え話の要点（point、矢の先端）を理解していない。
もっとわかりやすく言えば、お前の戦略もガラスでできた矢じりだ。
完璧で、美しく、そして脆（もろ）い。
あえて言うまでもないが、見事なまでに時代遅れだ。

アンティコニ　叔父様が戦略（politics）と呼ぶものは、
わたしにとってはワキースウィト*25、生き方そのものです。

クレオーン　それは死に至る道だ。やつらの法がそのようにさせる。
お前の振る舞いは、お前にとってどれほど聖なるものであろうと、間違いなく処罰される。

アンティコニ　道義と法を取り違えるなんて！
叔父様は国家に黙従し、武力によって維持される人間が作った法を遵守されています。
国家に寄り添い、植民者たちと眠りにつくことを選ばれた。
しかし、叔父様も、人間の法よりも偉大な法である、我々のタマールウィト▷25をご存知のはずです。
タマールウィトによれば、我々の族兄（Elder Brother）が大地を始動させました。大地は頭を東に、足を西に、そして腕を南北に向けて横たわっています。

▷25　tamá·lwit 法

When we die we likewise lie down in the same way
The head to the East, the feet to the West
We must care for the body this way
This is the way to care for the body from the beginning of time
From time immemorial, for eternal time.

KREON And was this Law on the heart of brave Ataoklas,
A Cavalry scout, who paused not a moment before taking the blood
Of his own flesh, Polynaikas? Did he make a proper grave
For his own brother, the son of his own mother? Or was he
Just a treasonous dog?
I dare say you have more kinship with me than with that one—
Though you, like Ataoklas, may bring down your sibling with you.
Consider this:
It is I who redeem those brothers, not you.
I bring their story to life, I redeem what remains—
what remains of being human.
Love, betrayal, tragedy: by these grand themes
I return to the departed their flesh, their humanity.
It is the story, not the body, that matters, that endures.
The physical body, the blood, is dust. But the story walks and breathes.
I have given my life to that.
I have chosen the living over the dead.

我々も死んだら同じように横たわります。頭を東に両足を西に。
遺体もこのように葬られなければなりません。
遺体は、原始以来、
太古の昔から未来永劫、こうして弔うものです。

クレオーン　なるほど、してその法が、勇敢なエテオクレースの胸の内にあったと言うのか？
血を分けたポリュネイケースから命を奪ったとき、一瞬たりともためらわなかった
あの騎兵隊の斥候の胸の内に？
エテオクレースは、同じ母親の息子である弟を道義に適った仕方で埋葬しただろうか？　ただの裏切り者の犬だったのでは？
お前は、祖先のエテオクレースよりもわしに親族としては距離が近いが、
エテオクレースのように、お前も自分の兄弟姉妹を破滅に導くかもしれない。
よく考えてみろ、
二人の兄弟を救済するのはお前でなくわしだ。
わしが、彼らの物語に命を吹き込み、現存する二人の文化遺物、人間としての証を取り戻す。
愛、裏切り、悲劇。こういった壮大なテーマで、わしは祖先たちの人間性、彼らの「肉」を回復してみせる。
肝腎なもの、継承されるものは、物語であって亡骸ではない。
我々の血と肉体は塵になる。しかし物語は歩を進め、息吹く。
わしはこの仕事に人生を捧げ、
死者たちよりも生者たちの側に立ってきた。

ANTIKONI You've chosen to *make a living* over our dead.

KREON So judgmental! And tell me, would you prefer that I endure
Removal
from my office? Or perhaps that I face
Relocation
to another post. But knowing you, I imagine only
Termination
will satisfy you.
Don't be a fool, My Child. If I give up this post, it will hardly cease to exist.
No! It will be filled by the So·yá·pó·[26] and his lies. I won't have it.
Through diligence and obsequious posture I've gained
A most coveted post, and happily feigned
Pacification. It's the only path to power.
It's a shame that every war comes down to this:
A battle between the Hostiles and the Friendlies.
I regret that you've chosen the other side, as I will have no choice
But to prove through punishment of you—and your sister for good measure—
That I'm a good soldier for the State. It's a sacrifice for the greater Good, you see.

▶26 "White Man"

アンティゴニ　叔父様は、我々の死者を使って生計を立てる道を選んでこられた。

クレオーン　なんと言う決めつけだ！　お前はわしが館長職を
解任（Removal）
　された苦しむのを見たいか？　それとも別の部署への
移動（Relocation）
　を望むのか？　きっとお前のことだから、わしが
解雇（Termination）
　され初めて満足するだろう。*26

娘よ、思慮分別をわきまえなさい。わしがこの職を手放したとしても、役職そのものは残存するのだ。

それどころか、ソーヤーポー▷26がこの役職を手に入れ、やつらの嘘が蔓延（はびこ）るだろう。そんなことは許さない。

わしは、努力と媚びへつらうことで、皆が憧れとするこの職を手に入れた。そして、喜んで

なだめられた振りをしている。それが、権力に至る唯一の方法だ。

悲しいことに、すべての戦いは先住民同士の戦いに帰結する。
　白人植民者に敵対する部族と、彼らに友好的な部族の間の戦いに。

残念なことに、お前は敵対する側を選んだ。わしには、お前を、くわえてお前の妹にも、処罰を下し、国家に忠実な兵士であることを示す以外に選択肢はない。

より高次の幸福のために、大多数の人間の幸福のために、犠牲を払うということだ。わかるか？

▷26　「白人」

Surely I'm speaking your language now.

(*Calls offstage to* GUARD)

GUARD! Remove this criminal from my sight. Lock her up
And her sister beside her.

GUARD *comes and escorts* ANTIKONI *off stage.* KREON *paces, visibly distressed.*

AUNTIE #3 There's a story I know.
Not so long ago, there was a woman
And she had powerful medicine. She was the best gambler
Of anyone around. No one could beat her at Stick Game
Though many, many tried. Her power was known all around
And when she died
One of her rivals, a man from her mother's band
Took two finger bones from her hand
And made a pair of gambling sticks.
This man became the most powerful then, virtually unbeatable.
People came from all around to lose to him.
His luck was fantastic.
He had those gambling bones, you see.
But at night
The ghost of the dead woman would appear
And insist that the man sleep with her.
Night after night, she bothered him. She seduced him.
She would not let him rest.
Finally he gave up. He returned the bones
And the ghost went away.
This is a true story.

紛れもなく、わしは今、お前のことばを話している。

（舞台裏にいる番人を呼ぶ）

警備員！　この犯罪者をわしの目の前から連れ去るのだ。

幽閉し、妹もその隣に閉じ込めておけ。

番人、アンティコニを舞台裏へ連れ去る。

クレオーン、悲嘆を隠せないまま、行きつ戻りつする。

伯母3　こんな話がある。

少し前のこと。あるところに女がいた。

誰よりも魔法の力が強く、辺りで一番のばくちうちだった。

誰も賭け事の

棒ゲーム[*27]でこの女にかなう者はいなかった。

多くの村人が挑んでは敗れた。女の魔力は広く周辺の部族たちに知られていた。

だから女が死んだとき、

ライバルの一人、女の母親の部族の男が

女の指の骨を二本取って

賭け事に使う棒を一組作った。

するとこの男は無敵のばくちうちになった。

多くの挑戦者がやって来たが、彼には敵わなかった。

その男の運はこの世のものではなかった。

あの一組の骨を持っていたからだ。わかるかい？

でも夜になると、死んだ女の亡霊が現れ

男に性交を求めてきた。

そうやって毎晩現れては、男を困らせた。彼を誘惑し

休む暇を与えなかった。

ついに男はあきらめ、骨を返した。

すると亡霊は去っていった。

本当にあった話。

THIRD EPISODE/SCENE IV

HAIMON *joins* KREON *on stage.*

KREON My son, two paths were laid open before you, but I have chosen
To close one road for your own good. And for the good of nú·nim Tító·qan.[27]
Is your heart reconciled to this upward path—do you follow me?
Or do you prefer to pursue your bride on another journey, surely doomed?

HAIMON Tó·taʔ,[1] I am your true son, and true to you. Even as you have power to
Condemn the one who has crossed you, the State may do the same
Ten times over to you. Your punishment of her is mere discipline,
But if the State comes for you, you will pay in blood.
Not only you, but all Tító·qan will suffer, if you are Removed.

▶27 "our Indian people"
▶28 "Father" addressive

第三エペイソディオン／第四場

ハイモーン、舞台に登場。クレオーンと並ぶ。

クレオーン　息子よ、お前には二つの道が開けていたが、わしは一方の選択肢を断ち切った。それはお前と、
ヌーニム　ティトーカン[▷27]のためにしたことだ。
お前は、わしの選んだ栄達への道を運命として受け入れるだろうか？　わしの言っていることがわかるか？
それとも花嫁を追って、もう一方の破滅に至る道を行きたいか？

ハイモーン　トータッ[▷28]、わたしはあなたの実の息子で、忠実なるもの。
父さんに、逆鱗に触れるものに有罪判決を言い渡す権力があるように、国家にも、あなたに有罪判決を言い渡す権力があります。そして、十倍も重い刑を言い渡すことができます。父さんがアンティコニに下す処罰は、ただの懲罰ですが、
もし国家が父さんを処分するとなると、血で償うことになります。そして、父さんが解任されるとなると、
あなただけでなく、すべてのティトーカンが苦しむことになります。

▷27　「われわれインディアン」
▷28　「お父さん」呼称。

KREON Surely, you are keen to history. The State makes grand monuments
To Indian defeat. Metacomet was drawn and quartered. The bodyless head of
Captain Jack was sent on a transcontinental tour. Geronimo was paraded in chains.
And Leonard Peltier—ah, just to say the name
Is to utter our state of helplessness. Helpless but not hopeless we remain
Within the walls of this foreign nation. We are occupied by them
And preoccupied by our desire
To bend their laws, not break them.
I am now Director of this Museum, this Palace of treasure,
And I am Master of all the State surveys.
You, too, my Son, may walk this path that I now forge for you
And those who come after. You may earn your law degree
And then you may decree
The futures of the living and the dead. Let fair Antíkoni cry out
In defense of a cosmic Order that binds us
Blood and bone to land, that the dead may be mourned
In a proper way, in their proper place, and that the living may then live.

クレオーン　確かにお前は歴史をよく考察している。国家はインディアンの制圧を記念し
たいそうなモニュメント、戦争記念品を創る。メタコメット[*28]は腸（はらわた）を
抉（えぐ）られ四つ裂きにされた。
キャプテン・ジャックの頭は断首され、大陸横断の巡回展覧会で披露された。ジェロニモは鎖につながれ、街路を練り歩く見せ物にされた。そして
レナード・ペルティエ[*29]。ああ、彼の名を口にするだけで、我々の無力な
現状を述べるに等しい。たが、我々は絶望状態にはないぞ。
よそ者たちの支配下にあって
無力な状況に置かれているが、
よそ者に占領されている（occupied）ために、
我々はある衝動に駆られている（preoccupied）。
彼らの法を、破るというよりは、ねじ曲げたいという衝動に。
わしは今、この戦利品の御殿である博物館の長であるから、国が行うすべての調査に権限がある。
こうしてわしが、お前や次世代のために築いている道を、お前だって歩めるではないか。弁護士の資格を得て、
生者と死者の未来について法で定めることができるのだ。
道義を追求するアンティコニは、涙ながらに不正を訴えさせ
ておけばよい。我々を
血と骨とで大地につないでいる
宇宙の秩序を守るために、死者たちが
然るべき場所と方法でその死を悼まれるようにと。それにより、生者たちが生を享受できるようにと。

I have no use for Eternal Laws! That indeed is the point.
I put my effort into what I may affect. Or rather: infect.
Under federal law the only constant is change. So we must constantly
Change, shift our shapes, perform for them what they wish to see
Then we shall have our Way, by minding their watch.
This is how we've survived, and how we've undermined
The United States of Surveillance.

CHORUS *(singing)* Oh, say can you see!

HAIMON Tó·taʔ, your acquaintance with the stories told from long ago
And the battles won by canny maneuvers
Show that you are wise indeed to the ways of the world.
You are right to keep your eye on the State
But might I mention, with all humility, that perhaps you turn an ear
To the cries of nú·nim Titó·qan. There's quite a bit of talk, you see
And it is only in defense of you that I dare mention it.
Indian Country is aflame with rumors, and there may be trouble for you
If you don't show leniency to the One Who Carried Out,

わしには、永遠不変の法は用がない。これが肝心なことだ。
わしは、自分の力で変えられることに努力を注ぐ。いや、むしろ感染させることに。
連邦政府の法の下において、唯一不変なものは変化だ。だから我々もつねに変化し、姿を変え、
政府が望む通りに役を演じる必要がある。
そうしてはじめて、我々の生き方を手に入れることができる。監視の目に注意しながら。
このようにして我々は生き延びてきたし、この監視合衆国を
じわじわと弱体化させてきた。

コロス　（合唱）おお、見えるだろうか！[*30]

ハイモーン　トータッ、あなたは民話や
巧妙な手で勝利した数多の戦いに精通されているので、世間の慣わしについてもよくご存知です。
国家の動きを注視せよ、とのお言葉は正しいものです。
しかし、恐れ多くも言わせて頂くと、父さんは一方のお耳を、ヌーニム　ティトーカン（インディアンの兄弟姉妹たち）の嘆き声に傾けるべきです。
噂話が広がっています。お気づきですか？
父さんを守るために、あえてそのことに触れさせて頂きます。
インディアンの領土では、噂話が猛威をふるっています。父さんが、「運び出した者」（アンティコニ）[*31]に対して寛大な措置を取らないとなると、
父さんに火の粉が飛んでくるでしょう。

For she is most venerated and honored among them
As brave and upright. If you punish her harshly you may be rewarded
But a bounty will only tip the scales in her favor.
Indeed, she has such sympathy among our kin
Punishment will only breed more dissent.
And *they* will call for your head.
They are not so helpless as you may think.

CHORUS Surely the son speaks the truth.

KREON (*to* CHORUS)
This one is yet a youth, caught up in the romance
Of a youthful act. Politics become more subtle with age,
When one is less inclined to move so quickly.
(*to* HAIMON)
Is your heart yet with this girl who defies me?

HAIMON Tó·taʔ, my heart as yours is with our People
And from their hearts they defend her hand.

KREON Would you have a woman setting the rules?
If you don't respect me, Son, at least you should respect the office.

HAIMON Yes, Father, the office was made for the White Man,
For his desires and powers alone. And yet
You have taken his place. I remind you only that you remain
An Indian. And an Indian is no one without his Tribe.

というのも、アンティコニは、その勇敢さと正しさゆえに、人びとが心よりたたえ尊敬している人物だからです。
彼女を厳しく罰すれば、政府から褒美にあずかるかもしれません。しかし、報奨金は、インディアンの領土では彼女の有利に働くだけです。
もとより、わたしたちの親族の間では、彼女に同情する人が大勢いるので処罰はさらなる反発を招くだけでしょう。果てには、親族が父さんの首を要求するでしょう。
あなたが考えるほど無力な人たちではありません。

コロス　息子は確かに真実を語る。

クレオーン　(コロスに向かって)
この者は未だ年端も行かぬゆえ、若者特有の夢を見ているのです。歳を重ねるにつれ、政治の駆け引きはより巧妙になります。
急いで行動を起こしたりはしなくなります。
(ハイモーンに向かって)
お前の心は、わしに盾突くあの娘の側にあるのか？

ハイモーン　トータッ、わたしの心も、父さんの心と同じく我々の民と共にあります。そして民は、アンティコニの立場を心底から擁護しています。

クレオーン　お前は女の言いなりか？
わしを敬わないとしても、息子よ、少なくとも要職を敬うべきだ。

ハイモーン　ええ、父さん。あなたの要職は白人のためのものです。
白人の欲望と権威のために設置されました。にもかかわらず
父さんは彼らの職を手に入れられた。ただ、ご自分が未だインディアンだということだけは、どうかお忘れなく。
インディアンは、自分の属する部族なしでは何者でもないからです。

KREOM More romantic words from you! The Tribe, the Tribe!
That I could be rescued from the Tribe!
I have no use for tribal politics.
Let me be my own man.
No one pulling my strings, not the Tribe or the State
Or the sentimental appeals of my faithless son.

HAIMON ʔikú·yn, Tó·taʔ, I speak the language of justice, not sentiment.
If you destroy her, others will fall, too.

KREON Who is in place to defend our dead? I alone
Have the power to protect them, and all our patrimony here.
I will not be dispossessed. I am on my heart.

HAIMON I see the truth of this. ʔí·nim č̓a̓á tim̓íne.▶29

HAIMON *leaves.*

KREON Let him try to save her.
(*to* CHORUS)
Aunties, what is your counsel?

▶29 Literally: "I am exactly on my heart"; figuratively: "I am on target."

クレオーン　現実離れした物言いはいい加減にせい！　部族！　部族！

ああ、部族から解放されることを、どれほどわしが欲しているだろう！

部族間や部族内の駆け引きなど、もううんざりだ。

わしは他人の指図など受けない。

部族や国家の操り人形ではないし、

不誠実な息子の感傷的な訴えに動かされるものでもない。

ハイモーン　イクーイン、トータッ*32、わたしが話すのは道義の言葉で、感情から出た言葉ではありません。

アンティコニを倒せば、他の者たちも一緒に倒れるでしょう。

クレオーン　我々の祖先を守る立場にあるのは誰だ？　わしだけが、

死者と我々の世襲財産を守る権力を持つのだ。

わしからその権力が奪われることはない。

わしの立場は揺るぎない。

ハイモーン　今の言葉は確かに真実を含んでいます。イーニム　ツァッアティミネ▷29。

ハイモーン、退場。

クレオーン　息子は女を救おうとすればよい。

（コロスに向かって）

伯母たちよ、あなた方のご意見は？

▷29　逐語的に、「心臓の真上に」立っている。比喩的に、「的の上に」立っている。

AUNTIE #4 Wá·qoʔ titwatísa ná·qc.

They were living there; many people were camped together. And every morning

The hunters would go out. When they brought home meat, they would

Distribute it to everyone. This way, no one was hungry.

There were five brothers, and the oldest one was married.

The five brothers went hunting one day.

The oldest one shot a deer, and as he was butchering it in the mountains

He cut his hand. He brought his hand to his mouth and sucked the blood

From his wound, and as he did this, he realized that the taste of his own blood

Was *delicious*. He began to crave the taste of blood, and

Without being able to control himself, he began to eat this own arm.

He found that he could not stop. Soon he consumed his entire arm,

Then his other arm, his body, and his two legs.

He did not come home for several days, and soon his brothers

Went to look for him. The man became hideous; he was only bones and sinew,

and he carried his intestines in one hand like a rope.

When he saw his younger brother coming, he hid in the bushes and called out his brother's name. The brother came, and when he was close

伯母4　ワーコッ　ティトゥワティサ　ナークツ。

あるところに、大勢がティーピーを建てて暮らしていた。毎朝

狩人たちは猟に出た。そして、獲物を捕らえて戻ってくると、肉を皆に配ってまわった。そんな慣わしだったから、空腹な人などいなかった。

そこには五人の兄弟がおり、長男は結婚していた。 ある日、兄弟たちは揃って猟に出かけた。

鹿を鉄砲で仕留めた長男は、山の中で肉を捌いているときに手を切ってしまった。その手を口に持っていき、

傷口から血を吸ってみた。すると自分の血の味が

旨いことを発見した。そして血の味をもっと味わいたくなった長男は、

自制心を失い、自分の腕を食べはじめた。

そのままやめられなくなり、腕までまるごと食べてしまった。

それからもう一方の腕も、胴体も、両脚も食べてしまった。

数日経っても、長男はキャンプに戻らなかった。弟たちは兄を探しに出かけた。男は忌まわしいものになっていた。骨と腱だけになって、

腸を片手に縄のようにぶらさげていた。

弟の一人がやってくるのを見ると、藪に隠れて弟の名を呼んだ。弟が近づいてくると、

The man who was now a cannibal jumped out and lassoed him with his intestine-rope.

He tied up his brother and ate him.

Each day another brother came searching, and the Cannibal caught each one.

He killed and ate his own brothers.

In the meantime, the wife and their little baby were living

Beside the river with the people. When her husband and then his brothers

Did not come home, the people became worried.

We're going to move camp, they said to the woman, *and you should come with us.*

No, she said. *I will wait here for my husband and his brothers to return,*

And we will join you later.

The people did not want to leave her, but she insisted.

She stayed there in her tipi, encamped by the river.

One day she heard a strange sound:

Clackity-clack, clackity-clack, and then her husband's voice.

He was coming down the hill, his bones clacking hard upon each other, and

Calling her name. He carried his intestines in both hands.

Clackity-clack he came.

Truly! She saw that he was hideous. She picked up the baby but soon her husband was there at the tipi door.

Oh, my child, he cooed. *Let me hold him.*

既に人喰いになっていた男は藪から飛び出し、
自分の腸を投げ縄のように投げ、弟を捕らえた。
　　そして弟を縛り上げて食べた。
毎日、探しにやって来た別の弟を人喰いは一人ずつ捕らえた。
　　そうして実の弟を殺して食べていった。
その間、男の妻と赤ん坊は
仲間たちと川辺で暮らしていた。最初に長男が、次に弟たちが
戻らなくなると、人びとは心配しはじめた。
「野営地を移動する」と人びとは妻に言った。「われわれと一緒に来ればいい」
「いいえ」と妻は答えた。「主人と弟たちが戻るのをここで待って、
後から合流します」
仲間たちは彼女を置き去りにしたくなかったが、そう言ってきかなかった。
妻は、川辺のその場所で、自分のティーピーに残った。ある日、不思議な音が聞こえてきた。
　　カタカタ、カタカタ。カタカタ、カタカタ。それから夫の声が聞こえた。骨が強くぶつかり合う音を立てて、
妻の名前を呼びながら、丘を下ってきた。
両手には自分の腸を抱えていた。
　　カタカタと音を立ててやって来た。
なんとまあ！　妻が目にしたのは、忌まわしきものに変わり果てた夫の姿だった。赤ん坊を抱き上げたが、
　　夫はもうティーピーの入り口まで来ていた。
「可愛い息子よ」と、男は優しく話しかけた。
「ほら、抱っこしてあげよう」

The woman could see how he was eyeing the tender flesh of the baby.

Of course, the woman said. *Just let me wash him for you first.*

You wait here while I go to the river and prepare him for you.

The Cannibal sat down to wait, and the wife slipped out of the tipi with the baby. As she left, she grabbed a wooden spoon and hid it under her arm.

She ran with the baby to the river's edge.

Willows! she called out to the trees. *When he looks for us, you sing so that he thinks we are yet here.*

Shoo-shoo, the willow trees sang.

The woman threw the wooden spoon to the ground.

Become a canoe! she cried. And the spoon became a canoe, and she

Placed it in the river with her child, and it carried them to the village ahead

Where her people were encamped.

She arrived there and told the people about her cannibal husband,

And thus they knew what had become of him and his brothers.

In the meantime, the Cannibal became suspicious. He went down to the river

Where the willows were singing, *shoo-shoo-shoo*.

He was angry at this deception and beat the willows horribly.

Downriver, the people moved camp again, and the Cannibal never found them.

That's all.

女は、男が赤ん坊の柔らかい肉をもの欲しそうに見ているのがわかった。
「もちろんよ」と答えた。「まず赤ちゃんを洗ってくるわ。
川へ行って、赤ちゃんを準備してくる間、ちょっとここで待っていてちょうだい」
人喰いは座って待った。妻は赤ん坊とこっそりティーピーを抜け出した。
出るときに、木の柄杓(ひしゃく)を素早くとって、腕の下に隠した。
河岸まで赤ん坊を抱いて走った。
「柳たちよ！」と彼女は木々に大声で言った。「人食いがわたしたちを探しに来たら、歌を歌ってください。そうすれば、わたしたちがまだこの場にいると思うはずです」
「ヒュー、ヒュー」と柳たちは歌った。女は柄杓を地面に投げ
「カヌーになあれ！」と叫んだ。すると柄杓はカヌーになった。舟に赤ん坊を乗せて川に浮かべると、
カヌーは親子を仲間の野営地の手前まで運んでいってくれた。
仲間の元にたどり着いた妻から、人喰いになった夫の話を聞き、長男と弟たちの身に起きたことは皆が知るところとなった。
一方、妻の行動を怪しく思った人喰いが川まで降りてみると、
柳たちがヒュー、ヒューと歌っているではないか。
騙されたとわかり腹を立てた男は、柳たちをこっぴどく殴打した。
川下では、人びとは再び野営地を移動していた。だから
人喰いは彼らを二度と見つけ出すことはできなかった。
おしまい。

FOURTH EPISODE/SCENE V

The blind medicine singer TAIRASIAS *is led on stage by a boy. He calls out to the* CHORUS.

TAIRASIAS Aunties! I come to report what I have seen
That you may discern if it is past, or present, or future
I have seen Antíkoni, and she lives yet among the dead.

KREON *enters from his office.*

KREON Grandfather, what message do you bring?

TAIRASIAS I declare again a truth you've heard many times.
I repeat the Ancient Laws, and the longing of the living
To properly abide with the Dead. Your power depends on this.

KREON If l am toppled I will not be easily replaced.

第四エペイソディオン／第五場

盲目のティウェートの歌い手、テイレシアースが男の子に手を引かれ舞台に登場。コロスに向かって言う

テイレシアース　伯母たちよ！　わしが見たものを伝えに来た。それが過去のことなのか、現在のことなのか、それともこれから起こることなのか、あなた方に見分けてもらおうとやって来た。

わしは、アンティコニを見たのだ。あの娘が死者たちの中で生きているのを。

クレオーン、館長室から出てくる

クレオーン　お爺さん、何の知らせですか？

テイレシアース　今一度、お前が何度も聞いた真実の法則をはっきり述べよう。

よく聞くのだ。我々には太古から守られてきた法がある。また、その法に則り死者たちと然るべきかたちで共に生きたいと願う生者がいる。お前の権力の行く末は、これらを認めるか否かにかかっている。

クレオーン　たとえ倒されるにしても、簡単にこの職を明け渡すつもりはありません。

TAIRASIAS Care not for your own head but consider the barren skulls
Of those who came before. They like you dwelt in flesh and love
And now desire to rest. As long as human remains are held
As trophies in this endless war, the humans remain
Less than fully alive. So grant them their lives by honoring their dead.

KREON It is not so simple as that. I cannot release that which belongs to the State.

TAIRASIAS Grandson, when you hold captive the Dead, you enslave the living.
The talons of the State wrap 'round the bones of the departed
And dig deep into the flesh of those who remain.
You yet may change your course. For what can be gained
By killing again those who are already dead? Perhaps
Your ambition has made you blind, more blind than I, who see
That the museum is a Cannibal: consuming the living, piling up the dead.
Grandson, I worry for you.
But perhaps you cannot help yourself.
Perhaps you've tasted your own blood, and found it pleasing.
I'm warning you! Do not feed on yourself.

テイレシアース　己の首を心配するのではなく、先代たちの剥き出しの頭蓋骨のことを考えよ。

先代たちも、お前のように、一度は肉体を棲み家とし愛に包まれて暮らしていた。

今は、安息を望んでいる。人骨がこの終わりなき戦いの戦利品として幽閉されている限り、人間は真に生きているとは言えない。生者を生かしてやるのだ。そのためには、生者が死者を敬うことを止めてはならん。

クレオーン　それほど単純な話ではありません。国家が所有するものをわたしの権限で解放することはできません。

テイレシアース　孫息子よ、死者たちを幽閉すれば、生者たちも囚われ人となる。

国家のかぎ爪が祖先たちの屍をつかみ、

生者たちの肉の深部に食い込む。

お前は考え直すことができる。既に死んでいる者たちを

二度殺したところで、何の得にもならないではないか。おそらく

野望がお前を盲目にしてしまった。このわしよりも周りが見えていない。わしには博物館の姿が見える。生者を食べ尽くし、死者たちを積み上げる人喰いだ！

孫息子よ、わしはお前のことが心配だ。

ひょっとすると、お前は既に自制心を失ったのではないか。

自分の血の味を知り、その虜になってしまったかもしれない。忠告しておく、己の肉体を食う人喰いになるな。

KREON Grandfather, your words are sharp arrows
That you should aim at another target. I am not the enemy here.
If you persist in drawing these disturbing visions I may have no choice
But to be in the market for a new Medicine Man. I happen to know
Some reasonably priced Shamans who charge by the hour.

TAIRASIAS By all means! I offer my words most freely, and promise great returns.
But if you prefer praise, and blind adoration of your rule,
You will certainly get what you pay for.
You see that this is a world of exchanges
And words will not redeem the dead.
The State demands this: blood for bone.
It has never been any other way.

KREON I offer my mind, not my head. My words, not my mouth.

TAIRASIAS Ah, you see: the Ancient One was delivered through the mouths of our kin.
Though not, as you say, by words,
nor by law,
nor by cries for justice.
Only a swab would redeem him. The State demands DNA.

クレオーン　お爺さん、あなたの言葉は鋭い矢です。
それらは別の標的に向けられるべきです。今回の件においては、わたしは敵ではありません。
あなたがどうしても不穏な幻影を描き続けるのであれば、
他のティウェートを探す他に選択肢はありません。
ちょうど時給で雇える手頃な価格のシャーマンを何人か知っています。

テイレシアース　そうするがよい！　わしは惜しげなく助言を与え、従う者には大いなる報いを約束する。
しかし、お前が称賛を欲し、お前の統治が盲目的に崇拝されることを好むのであれば、
その代償を間違いなく受けるだろう。
この世界は交換で成り立っていることがわからぬか？
　言葉は死者たちを救済しない。
国家が要求しているのは、血と骨の引き換えだ。
これ以外の手段はなかったのだ。

クレオーン　わたしが差し出すのは考えであって、首ではない。
言葉であって、口ではない。

テイレシアース　わからぬか。祖先エテオクレースは、われわれの身内の口によって解放された。
お前の言うように言葉によってではないし、
　法によってでも、
　正義を求める訴えによってでもない。
採取用綿棒のみが祖先を救済するだろう。国家は DNA を要求する。

Openmouthed and brokenhearted, they offered their bodies up
to finally bring the Ancient One home.
That is blood for bone.
You give up your sister's child. You offer
blood for bone, blood for bone.

KREON Grandfather, that was another time.

TAIRASIAS Perhaps another time, not a different time.
In the time before the humans came, Coyote set many laws in motion.
He separated the Sun and Moon, so they would not be cannibals;
He flattened Rattlesnake's head and smashed Grizzly Bear's nose;
He pried open the wings of Butterfly, and stripped Muskrat's tail.
He gave the Gophers eyes to see. He did many, many things
To make this world ready for humans.
The humans are coming soon.
Grandson, look around. And you will see.

KREON Old Man, you are as maddening as those Aunties. What kind of Advisor
Cannot answer a question straight?

TAIRASIAS (*pause*)
Here is your straight answer then:
What kind of human makes captive his kin?

He gestures, and the BOY *leads him away.*

驚愕から開いた口が塞がらず、悲嘆に暮れて打ちひしがれながら、
姉妹はようやく祖先を永眠の地に連れて帰るために、自分たちの身体を差し出した。
これが「血をもって骨と交換する」ということだ。
お前は実姉の娘を国家に明け渡し、祖先の骨を取り返す。お前も血を骨と交換しているのだ。血と引き換えに骨を。

クレオーン　お爺さん、それは昔のやり方です。

テイレシアース　昔のやり方かもしれんが、時間はつながっている。
人間がやってくる前の時代、コヨーテは数多の法を始動させた。
コヨーテは太陽と月を分け、彼らが人を喰わないようした。
ガラガラヘビの頭を平らにし、グリズリーの鼻を潰した。
そして蝶の羽を力ずくで開き、沼ネズミの尾の毛をむしり裸にした。それからホリネズミに目を与え、見えるようにした。
そうやってコヨーテは沢山のことをして
　この世界に人間がやってくる準備をした。
　近いうちに人間がやってくる。
孫息子よ、周囲をしっかりと見渡せば、お前にも見えるだろう。

クレオーン　老翁よ、あなたもそこの伯母たちのように癪に障る方です。
質問にまともに答えられないなんて
一体どんな助言者でしょうか？

テイレシアース　（少し間を置いて）
ならば率直に答えよう。
自分の身内を人質にするものが人間だろうか？

テイレシアース、男の子に合図し、連れられて退場

AUNTIE #5 Wá·qoʔ titwatísa ná·qc.

After Pissing Boy killed Grizzly Bear, he went to visit his five sisters.

To the first one he said, *Né·neʔ give me some bone marrow.*

But she enjoyed the bones herself. He asked the same of each sister,

And each one refused him, until he came to *laymíwt*,[▶30] the youngest one.

When did they ever give you anything? she asked. *Here, take this one, it's yours, break it.*

So he broke the bone and took the marrow, and every so often

He would hand it back, to feed the handsome man he had hid in his braids.

When it was time for bed, Pissing Boy asked the oldest sister:

Né·neʔ, can I sleep in your bed?

Hamó·l̓ic,[▶31] *no, you wet the bed too much!*

Again he asked each of his sisters, and every one said no

Except for *laymíwt*, the youngest one, who said:

When have they ever given you a place to sleep? Come,

I will show you where we can sleep.

And there they went to sleep. Pissing Boy brought out the handsome man

And told his sister: *Here, I brought this man for you.*

▶30 In Nez Perce stories that have this feature, the littlest/youngest one (*laymíwt*) solves the problem.

▶31 Term of endearment: "adorable one," "cutie-pie"

伯母5　ワーコッ　ティトゥワティサ　ナークツ。

小便小僧はグリズリーを殺した後、自分の五人の姉妹を訪ねて行った。

彼は一番年上の姉に言った。「ネーネッ、ちょっと骨髄を分けて」

しかし一番年上の姉は骨を一人で食べてしまった。小便小僧は他の姉妹たちにも一人ずつ聞いてみたが、皆に拒否された。

最後にライミウト▷30、末の妹に尋ねた。

「姉さんたちが、兄さんに何か分けてあげたことなんかないじゃない」と、妹は言った。「ほら、これを持っていって。あげるから割って食べて」

小便小僧は骨を割って髄を取り出すと、手をたびたび後ろへ回して

編み込んだ髪の中に隠した美しい青年に髄を食べさせた。

寝る時間になると、小便小僧は一番年上の姉に聞いた。

「ネーネッ、ベッドを借りてもいい？」

「ハモーリッ▷31、だめよ。お前はおねしょをいっぱいするから」

他の姉妹たちにも聞いてみたが、皆に断られた。

末の妹ライミウトだけは違った。

「いつ姉さんたちが、お前に寝場所を与えてくれたの？行こう。

寝れる場所があるから」

そして、そこで二人は横になった。小便小僧はあの美しい青年を髪の中から出すと、妹に言った。「ほら、この青年をお前のために連れてきた」

▷30　同様の特徴を持つネズパース民話では、一番小さな者／末の弟や妹（ライミウト）が難題を解決する。

▷31　愛称：「愛しい子」「憎たらしいほど可愛い子」

In the morning the other sisters saw the man and they were jealous.

They wanted him too! But Pissing Boy said:

You did not give me anything,

You must leave your brother-in-law alone.

The young man lived there with them from that time, and would go hunting.

Pissing Boy told him: *When you hunt, don't go over the ridge.*

Don't follow anything over the ridge, do not chase it there.

One day the young man shot a deer, but it ran from him, wounded.

The young man ran to the top of ridge and looked over.

For a long time he stayed there.

He saw the buck lying dead at the roots of a big pine tree.

He thought: *I wonder why my brother-in-law said not to go over this ridge.*

I don't see anything amiss. I'm going to go!

He ran to the deer and began to dress it out, but very soon it grew dark.

All at once he became surrounded by big-bellied people.

Oh, so this is the reason he told me not to go over the ridge!

The people tore into the deer, and the young man escaped up a tree.

Soon the big-bellied people found him. All night long they tried to get him down,

but the young man stayed in the tree.

朝になり、青年を見ると、姉たちは嫉妬した。姉たちも青年を欲しがった！　小便小僧は言った。

「姉さんたちは僕に何もくれなかった。

義理の弟に手を出すんじゃない」

それからは、青年は彼らのもとで暮らした。そして猟に出かけるようになった。

小便小僧は言った。「猟に出たら、尾根の向こう側へ渡っては駄目だよ。

獲物を追って尾根を越えないように」

ある日、青年は鹿を仕留めた。すると鹿は傷を負ったまま逃げた。青年は尾根のところまで駆けていき、向こう側を眺めた。

長いことそこに立っていた。

大きな松の木の根元に、その牡鹿が死に横たわっているのが見えた。

青年は考えた。どうして義理の弟は、この尾根の向こう側へ行ってはいけないと言ったのだろう？

何もまずいことはなさそうだ。行ってみよう！

青年は鹿のところまで走っていくと、血を抜き内臓を取り出しはじめた。直ぐに日が暮れた。

突然、大きな腹のほてい腹族が青年を取り巻いた。

ああ、だから小便小僧は尾根を越えないようにと言ったんだ！ほてい腹族はシカをめがけて突進した。青年は木の上に逃げた。ほてい腹族は直ぐに彼を見つけ、

一晩中、木から下ろそうとしたが、青年は木の上にとどまった。

In the morning it became light, and the big-bellied people could no longer see.

It's dark now, they said. *Let's sleep now, since it is our bedtime.*

They slept in a circle around him.

In the meantime, Pissing Boy became worried about his brother-in-law.

He must have gone over the ridge!

Pissing Boy made himself ready, then he went to find his brother-in-law.

He came to the tree where the big-bellied people were sleeping.

Now you come down, he called to the man, *And I will carry you out.*

Pissing Boy ran around the circle and exploded their bellies with his foot.

He said, *These People are Cannibals from long ago.*
They would eat everyone, everything around. But now
I have exploded them with my foot.

Pissing Boy threw their bodies into the sky, saying: *You will remain*
high in the sky,
and never again will you do anything to anyone.

He scattered them like that, and said:

Now everyone will say,
"They are just stars who disappear in the day, and appear in the dark."

After that, Pissing Boy took his brother-in-law home. He had defeated
the big-bellied people, and after that they lived in peace.

That's all.

朝になり明るくなると、ほてい腹族は何も見ることができなくなった。

「暗くなったぞ。もう寝よう。僕らの寝る時間がきた」

そして青年の周りに輪になって寝入った。

その間、小便小僧は義理の弟のことが心配になっていた。

尾根を越えて行ってしまったに違いない！

小便小僧は身支度をすると、義理の兄弟を探しに出かけた。

ほてい腹族が寝ている木のところに来ると、

「さあ、降りて」と、青年に言った。「僕が連れ出してあげる」

そして、小便小僧は、青年を取り囲んでいるほてい腹族の腹を足で踏みつけて破裂させて回った。

「こいつらはずっと昔から人喰いだ。

近くにあるものは誰でも何でも食べてしまう。

でも、今、僕は彼らを踏みつけて破裂させた」

小便小僧は人喰いたちの体を天空に投げ飛ばして、こう言った。「お前たちはそこに留まる。

天空の高いところに。

そして二度と誰にも悪さをしない」

そうやって人喰いたちを天空に撒き散らして、こう続けた。

「これからお前たちについて皆が言うだろう、

『彼らは、昼間には消えてなくなり、暗くなると姿を見せる星だ』と」

それから、小便小僧は、義理の弟を家に連れて帰った。小便小僧は

ほてい腹族を倒したのだ。それからというもの、彼らは平和に暮らした。

おしまい。

DRUM (*The* DRUM *beats.* ▶32)

KREON *paces, agitated. Shortly,*
a MESSENGER *arrives, interrupting the drumming.*

MESSENGER Wise Counselors, I bring the news that no Seer could have seen
The House of Kreon is most surely disturbed
Discontent rages from without and within. It cannot stand.
Yet neither will it fall. Instead it remains *in media res*
So like a diorama: life suspended and death made animate.
With the help of Haimon, the Captive is released
Her whereabouts and fate unknown. She has removed herself
Beyond the reach of human touch.

The image of ANTIKONI *appears on a*
large screen, center stage.
MESSENGER *departs.*

CHORUS Oh, Antíkoni, Poor Little One,
We see you in your tomb, suspended
Between the living and the dead.

▶32 The rhythm for the Drum is common for hand drum: *de-dum, de-dum, de-dum* (as a heartbeat).

太鼓　(太鼓が鳴り響く▷32)

クレオーン、動揺を隠せずに行きつ戻りつする。
直に、報せの者が到着し、太鼓の音が途切れる。

報せの者　賢い顧問たちよ、わたくしがお伝えする報せは、先見の目をもつ予言者の誰も予測できなかったことです。
クレオーンの館はひどく掻き乱され
不満が内にも外にも蔓延(まんえん)しています。館はもう持たないでしょう。
しかし、崩壊もしない。むしろ、イン・メディアス・レス*33、その状態のままです。
ちょうど、生が断ち切られ、死が復元された、ジオラマ*34のように。
ハイモーンの助けによって囚人は解放されました。アンティコニがどこにいるか、どうなったかはわかりません。もはや人間には
触れることのできない領域に行ってしまった。

アンティコニの映像が舞台中央の
大型スクリーンに現れる。
報せの者、退場。

コロス　ああ、アンティコニ、不仕合せな子。
生者と死者の狭間(はざま)で
身動きのとれぬまま墓にいるのが見える。

▷32　この太鼓のリズムはハンドドラムに特徴的な、心臓の鼓動の音を奏でる：ドックン、ドックン、ドックン。

ANTIKONI And here I shall remain, along with the dead
My life as theirs suspended, just as that of my kin
Who find no comfort in grief, whose grief can never begin
And thus will never end.
In this world in-between, my voice and visage live on
To those not-yet-human what human laws may do
to interrupt time, to stop the Earth
From turning and turning around itself, how such laws disturb
The Order of the world. For this cause I sacrifice
The warmth of flesh on mine, the company of human voice
My sister's laugh, my lover's touch
I retreat to this living tomb, this landless home, to
This place that is both nowhere and everywhere at once.

ANTIKONI*'s image on the screen multiplies to a 3 x 3 grid of images.*

Here I will not age, nor bear
Children for the next generation. I shall live
Though it cannot be called *living*, a human being alone.

The screen image, still a grid, is replaced by line-drawn avatars.

アンティコニ　わたしは、このままここに死者たちととどまります。

わたしの生も同様に断ち切られたままです。

死を嘆くことがはじめられない。それゆえに悲嘆から解放されず、悲しみのなかに安らぎを見出せない親族たちもまた同じ。

この中断された世界で、わたしの声と顔は証します。人間以前のものたちに、人間の法が、何をするのかを。

時間までも中断し、地球の運行を止めてしまう

そのような法が、いかに

この世界の秩序を乱すのかを。それを伝えるため、わたしは身を犠牲にして別れを告げるのです。

我が身に触れる温かい肉体、仲間の声、

妹の笑い声、恋人の愛撫に。

わたしは生きたままこの墓に篭(こも)りましょう。拠り所のない住処(すみか)、

どこにも存在しないけれどもあらゆるところに存在する場所に。

アンティコニの映像がスクリーンの中で
碁盤目状に３×３分割される。

ここでは、歳を重ねることも

次の世代の子どもを産むこともありません。このままわたしは生きます。ただし、独りぼっちの人間は、生きているとは言えません。

スクリーンの映像は碁盤目状であるが、
アンティコネの顔が線で描かれたイメージに変わる。

HAIMON *and* ISMENE *enter. They try to touch* ANTIKONI*'s image. The image continues to multiply to a 4 x 4 grid, then a 5 x 5 grid. When* ISMENE *or* HAIMON *touches an avatar, the image returns to* ANTIKONI*'s face.*

ISMENE Né·neʔ, return to the world of the living. Listen:
You take my life with you. You have my heart.

HAIMON Sí·kstiwa·,[▶33] surely our Eternal Laws withstand the current Order.
I beg you to return from this No Man's Land, your refuge in this war
For your retreat exposes us as it hides you—we are bound with you.

KREON *enters the stage and the* CHORUS *begins to drum.* KREON, ISMENE, *and* HAIMON *turn their backs to the audience and address* ANTIKONI*'s screen images.*

Lights dim on the main stage, so that the light from the screens is dominant.

▶33 "Darling" or "dearest"; best friend, partner; literally: "nestmate"

ハイモーンとイスメーネーが登場。
二人はアンティコニのイメージに触れようとするが、
イメージは4×4分割され、さらに5×5分割される。
イスメーネーとハイモーンが一つのイメージに触れると、
それはアンティコニの顔に戻る。

イスメーネー　ネーネッ、こっちの世界に戻ってちょうだい。聞いて、お姉さんはわたしの命も持っていく。わたしの心も。

ハイモーン　シークスティワー▷33、僕らの永遠不変の法は現在の秩序のなかでも決して揺らぎはしない。
頼むから、生者と死者の狭間の地、この争いの果てにお前が辿り着いた隠れ家から戻ってきてくれないか。
お前は退き身を隠せても、僕らは衆目にさらされる。僕らはつながっているのだから。

クレオーン、舞台に登場。
コロスが太鼓を鳴らしはじめる。*35
クレオーンとイスメーネーとハイモーン、観客に背を向け
スクリーンのアンティコニのイメージに向かって語りかける。

舞台の照明が弱められ、
スクリーンが照らし出される。

▷33　「愛しい人」「最愛の人」；親友、相棒／連れ合い；逐語的に「巣を共にするもの」

As the lights dim, additional DRUMMERS *take their place in a circle around the audience.*

(As each one speaks, their voices overlap. They chant each phrase several times, with differing inflections, to create a cacophonous sound. As they speak, encircling DRUMMERS *begin to* DRUM, *amplifying the sound.)*

ANTIKONI Oh, to confound Justice with Laws!
What is denied the Dead is denied the living ten times again.
We remain captives with them.

ISMENE Elder Brother set the Earth in motion, turning it to the right
We must care for the body this way
From time immemorial, for eternal time.

HAIMON You remain an Indian.
And an Indian is no one without his Tribe.

KREON This is how we've survived,
and how we've undermined
The United States of Surveillance.

CHORUS The humans are coming soon
Already they are coming this way.

薄暗くなるにつれ、
新たに太鼓演奏者が加わり
観客を取り囲む。

（皆が一斉に話すので、声が交錯する。同じ文句が抑揚を変えて
繰り返され、不協和音を生み出す。
観客を取り囲む太鼓演奏者たちが
太鼓を打ち、不協和音を増幅させる）

アンティコニ　道義と法を取り違えるなんて！
死者たちから奪われていることは、生者たちから十遍も奪われています。
わたしたちは死者たちと同様に囚われ人であり続けます。

イスメーネー　族兄が大地を右に回し始動させました。
遺体もこのように葬られなければなりません。
太古の昔から、未来永劫。

ハイモーン　お前はインディアンだ。
そして、インディアンは、自分の属する部族なしでは何者でもない。

クレオーン　このようにして我々は生き延びてきたし、
この監視合衆国を
じわじわと弱体化させてきた。

コロス　近いうちに人間がやってくる
もう、彼らはこっちへ向かっている。

ANTIKONI, ISMENE, HAIMON,
KREON, *and* CHORUS *stop at the moment*
ANTIKONI*'s face again fills the screen.*
DRUMS *continue. On screen,* ANTIKONI *lights a sage bundle and the smoke curls upward. She looks out at the audience.*

The DRUM *beats a hard beat.*

Lights out. Screen with ANTIKONI*'s face remains a second longer, then blacks out, with the final beat of the* DRUM.

アンティコニ、イスメーネー、ハイモーン、
クレオーン、コロス：静止する。
アンティコニの顔が再びスクリーンに映し出される。
太鼓が鳴り響く
スクリーンの中のアンティコニが
セージの葉を燃やす。煙が巻き上がる。
彼女の視線が観客に向く。

太鼓の音が勢いを増す。

照明が消え、スクリーン上のアンティコニの
顔だけが数秒残り、最後の太鼓の音とともに消える。

訳註

＊1　ネティーテルウィト（netí·telwit）は「人間」「人びと」の意。神話で使われる特別な言葉。日常使われる同義の言葉はトトークアン（toto·quan）。

＊2　アンティコニは、祖先エテオクレースの亡骸を博物館地下室から運び出し葬りたい。叔父のクレオーン（博物館長）は、エテオクレースの盛装を博物館に展示したい。

祖先エテオクレースは、ポリュネイケース（カイユース族の勇士）の兄弟で、生まれはカイユース族である。しかし彼だけ捕虜となりクロウ族に育てられ、白人側のブルーコーツの一員としてカイユース族の土地に攻め入る。そして、兄弟のポリュネイケースと相打ちで果てる。

＊3　ネズパース族の「ネズパース」という名は、フランス語の「穴をあけた鼻」、ネペルセ [nez percé] を英語訛りで発音したもの。「鼻に穴をあけた族」。先史時代に左右の鼻孔の間の軟骨の隔壁に、小さな穴をあけ、装飾に貝の栓を通す習慣があった（青木 1998: 38)。ネズパース語ではツープニット [cú·pn'it] とかツープニットパルー [cú·pn'itpel'u·] という名前で自分の種族を呼ぶ。これは「とがった棒状のものを突くように使って貫通させること」の意。ツー [cú·] は、「とがった棒状のものを突くように使って」という意味の前接辞。「プニ」とか「ピニ」[pn'i または pin'i] は「貫通させる」という意味の語幹。最後の「ト」[t] は、動詞を名詞にする働きがある（ibid.: 39)。

＊4　舞台は、首都ワシントン DC にある国立アメリカインディアン博物館（NMAI)。

＊5　ティウェート [tiwé·t] と呼ばれる。シャーマン。たいてい五十歳を過ぎたおじいさんおばあさんの「神主兼保険医」（青木 1998: 191)。「守り神の霊力を利用して、自分個人の役に立てるだけでなく、広く他人の面倒までみてやるのがシャーマンであった」（青木 1979: 123)。青木によると、「サケがあまり取れない時、シャーマンはサケのたましいをつかまえて、村へ連れてこなければならなかった。また病気の原因をつきとめて悪霊を追い払うほかに、骨つぎをしたり、湿布をしたり、下剤を調合したり、医者の仕事に近いこともやった。ただお産の時の女性はけがれていると考えられていたので、シャーマンはお産の手伝いはしなかった」。「シャーマンになるには、すでにシャーマンとして開業している先輩に弟子入りをした。病気の原因は、だいたい三つあると考えられた。魂が抜けたためだと考えられている場合が第一である。第二は外から何かが体の中へ入り込んだ場合である。第三は誰かが魔法を使っている場合とか、やってはいけないことをやってしまった場合などである」。 シャーマンは、「病気の原因をまずつきとめ、治療にかかった。治療は患者の家で行われた。いろりのそばに患者を寝かせ、見物人のたくさんいる前で守り神を呼び出して、話をさせ

たり、守り神の歌を歌ったりして、半分治療、半分ショーのようなものであったらしい」(青木 1979: 123–124)。「守り神」(ワーヤキン [wé·yekin])については、青木(1979: 122–123、1998: 187–191)に詳しい説明がある。

*6　Prólogos. 劇の開幕の前口上。これから始まる劇の内容や登場人物の置かれた状況を説明する部分。

*7　アメリカ北西部(オレゴン州やワシントン州)に住む北米先住民。北西部の先住民の中で、白人が新大陸に持ち込んだ馬を最初に手に入れ、戦士として名声があった。ネズパース族と密接な関係にあった。カイユース族は河畔に、ネズパースは高原地帯に暮らしていた。

*8　So·yá·po· は白人。特に白人のアメリカ人。白人入植者。「冠をかぶった人びと」の意。チノーク族の混合語(隠語)「soyapó」(帽子)に由来するであろうこと。つまりは、フランス語の chapeau が語源?(Aoki 1994: 658)

*9　アメリカとカナダの間の国境線(北緯 49 度線)。特にモンタナ州(米国)とカナダ国境。ネズパース族やカイユース族などのアメリカ北西部の先住民たちは、この国境線を「魔法の線」(The Medicine Line)と呼んだ。この目に見えない線にくると、彼らをレザベーション(保留地)に囲い込もうと追ってきたアメリカ軍がまるで魔法にかかったように敬意を払い引き返したことから。

1870 年代にネズパース族の酋長ジョーゼフは、保留地へ先住民を押し込もうという米国政府の圧力に反対し戦争をしかけた。カナダに亡命しようと計画を立てた。「[ジョーゼフ酋長] は、家財道具を馬に積み、二百名の男子、五百五十名の女子ども、二千頭(二百ではない)の馬を引き連れて、アイダホ州の故郷をあとに、峨々(がが)たるビタールート山脈を東に越え、モンタナ州に入り、カナダへと北上を始めた」「アイダホを出る前にハワード大将の率いる米国陸軍の騎兵隊に大打撃を与えておいて出かけたのであるから勇ましい」(青木 1998: 111–112)。1877 年にジョーゼフ酋長率いるネズパース族が米国陸軍に敗れたのがベア・パウの戦い(The Battle of Bear Paw)。カナダまであと 71 キロのところで敗れた。

写真:アメリカとカナダの間の国境線(北緯 49 度線)から 71 キロ南にあるベア・パウ戦場(The Bear Paw Battlefield)(モンタナ州)。出典:アメリカ合衆国国立公園局(National Park Service)https://www.nps.gov/nepe/learn/historyculture/bear-paw-battlefield-history.htm

*10　写真:鹿皮とビーズの男性服。出典:Nez Perce National Historical Park. Man's Shirt. https://www.nps.gov/museum/exhibits/nepe/exb/dailylife/GenderRoles/NEPE1634(3)_Shirt.html

*11　Manifest Destiny、明白な運命(説)。米国が北米全体にわたって政治的、社会的、経済的支配を行うのは明白な運命だという帝国主義的思想。19 世紀の中頃から後半にかけて受け入れられた。

*12　戦闘用棍棒 写真:(a)Aoki 1994: 182、(b)War Club https://www.nps.gov/museum/

＊9　ベア・パウ戦場

＊10　鹿皮とビーズの男性服

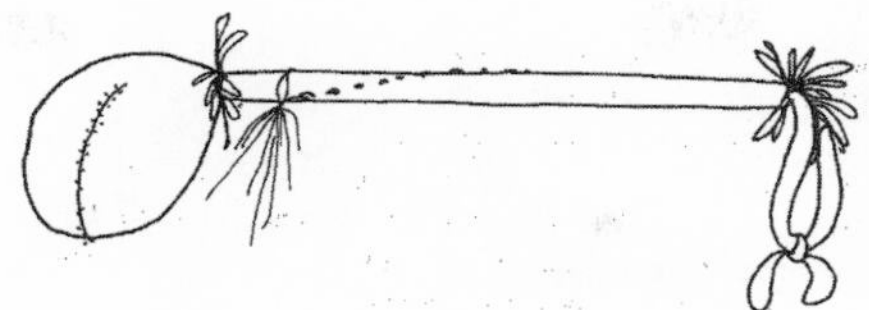

Figure 5. k̓áplac war club (p.266)

＊12　戦闘用棍棒a

＊12　戦闘用棍棒b

exhibits/nepe/exb/ dailylife/GenderRoles/NEPE2166_Club.html

*13 1877年にカナダとの国境にあるベア・パウ戦場（モンタナ州）で米国陸軍に敗れたネズパース族は、戦争捕虜としてカンザス州の北東部のレヴンワースに連行される。

*14 Leavenworth レヴンワース。米国カンザス州の北東部、ミズーリ河畔の都市。連邦刑務所がある。名前の由来は、この地に宿営を設置した米国陸軍大佐 Henri Leavenworth (1783–1834)。

*15 ネズパース民話で、死人の国の入口にある五つの山。訳者解題で取り上げる民話「山犬と娘の話」にも出てくる。「『ここが死人の国への入口だな』と思いながらコヨーテは、山を五つ越えていった」（青木 1998: 180）。

*16 北米先住民の用いる鹿革など柔らかい革で作った靴。
写真：モカシン（Aoki 1994: 912「Figure 19」）

*17 大きなラッキョウか小さな玉ねぎのような球根。高原地帯で採れるネズパースのキャマスは珍味中の珍味。三日間、地中で石焼にする。キャマス焼きについては、青木（1998: 137–145）の「キャマス堀り」、「キャマス焼き」が面白い。サツマイモに似た味だという。

*18 ネズパースの伝統的な家。野牛の皮などを縫い合わせてつくったキャンパスを骨組みの棒 [tíwe] 十三本に巨大な巻きスカートのように巻いて建てられた。
写真：ティーピーのしくみ（青木 1998: 134）ティーピー Nez Perce National Historical Park. 2005. Raising the Tipi. https://www.nps.gov/museum/exhibits/nepe/exb/slideshows/raisingTepee/tepee16.html

*19 「近いうちに、人間がこの世にやってくる」はネズパースの民話の決まり文句。動物だけがいた人間以前の時代がしばしば民話の舞台となる（青木 1998: 183）。

*20 Epeisódion. エペイソディオン。古代ギリシア悲劇の、二つの合唱の間にはさんだ対話の場面。

*21 ジェロニモ（1829–1909）アパッチ族の指導者。
シッティング・ブル（1831–1890）ラコタ族の戦士、シャーマン。
キャプテン・ジャック（c.1837–1873）モドック族の酋長。
ジョーゼフ（c.1840–1904）ネズパース族の酋長。ネズパース語の名前は、ヒンマトーヤラァトゥキト [Hinmató·wyalahtq̓it]「山を転げ落ちる雷鳴」。ジョーゼフ酋長の 1877年10月の降伏スピーチはとても有名。「酋長たちよ、聞いてください。わたしの心は病み、悲しい。太陽が今ある位置から、わたしは金輪際戦わない」(*“Hear me, my chiefs; my heart is sick and sad. From where the sun now stands, I will fight no more forever.”*)

*22 ワンパノアグ族のティスクアンタム（Tisquantum）。別名スクアント（Squanto）。c.1585–1622。1621年にピルグリムファーザーズと、ワンパノアグ族のサマソイト酋長が平和条約を結ぶのをリエゾンした。
　ティスクアンタム（スクアント）は、北米からイギリス人に拉致され、ヨー

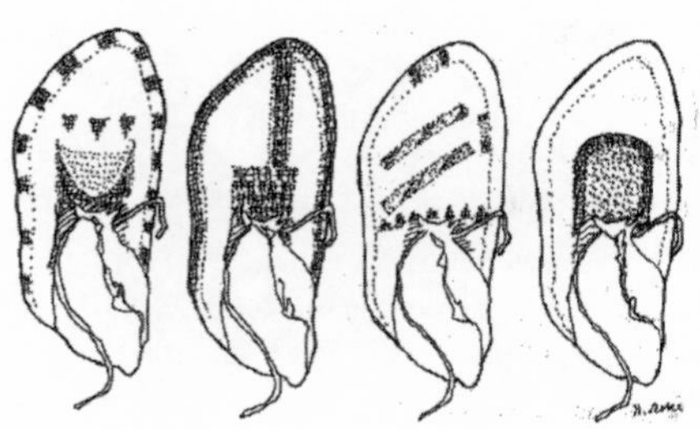

Figure 19. ʔilé·pqet moccasin (p.1016)

＊16　モカシン

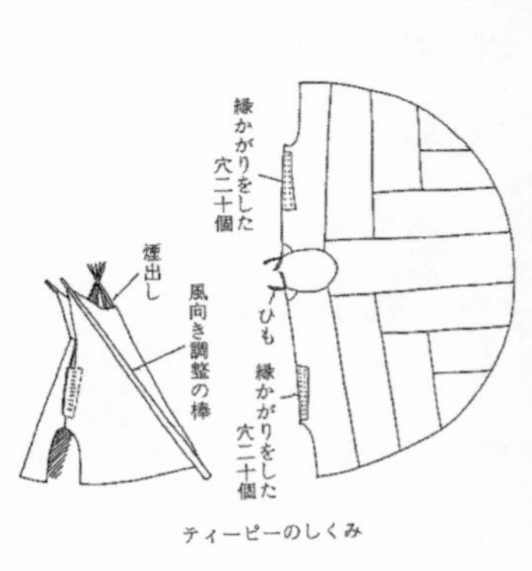

ティーピーのしくみ

＊18　ティーピー

ロッパに奴隷として売られる。そこからスペインへ密売されるが、売られた先の土地のカトリック僧侶たちが身代金を支払い解放する。宣教のための教育を受け、再び北米に。ピルグリムファーザーズ（1620 年に英国から現在の米国に渡った 102 人の清教徒）に、北米大陸の農耕や漁業の技術を教え、彼らが生き延びるのを助けた人物。

＊23　国立アメリカ・インディアン博物館は、国会議事堂に面している。

＊24　ヤシ族が死に絶えた後、一人生き残ったイシ（Ishi）は、生きたままカリフォルニアの博物館に展示されていた。

＊25　waq'í·swit.「life, soul, spirit, 霊魂」(Aoki 1994: 827)

＊26　Removal（強制退去）、Relocation（強制移住）、Termination（根絶／ジェノサイド）はすべて先住民に対して行われた暴力である。

＊27　ló·x̣mit. ローハミット。棒ゲーム (stick game) と呼ばれ、今でも北米各地で親しまれる賭博ゲーム。十二本の骨でできた棒を使い、二つのチームに分かれて戦う。一方のチームが手の中に棒を隠し、対抗チームが一人ずつどの手に目当ての骨が隠れているかを言い当てる。十二本すべての棒を集めたチームが勝ち。Stick game には歌と踊りが付きもので、敵が手の中の棒を言い当てようとするときに、歌や踊り、「守り神」（ワーヤキン [wé·yekin]）の力、または観客が賭け金を投げ入れるなどして相手の邪魔をする。何時間も続く。男性陣がバイソン狩りに出かけている間に、女性陣が賭博して過ごすことがあった。

写真：骨棒セット Nez Perce National Historical Park. Stick Gaming Pieces. https://www.nps.gov/museum/exhibits/nepe/exb/dailylife/GenderRoles/NEPE81_82_83_84_2156A_21568.html、写真：夜の棒ゲーム Nez Perce National Historical Park. Playing Stick Game at Night. https://www.nps.gov/museum/exhibits/nepe/exb/slideshows/DailyLife/genderRoles/C33759.html

＊28　メタコメット（1639–1676）ワンパノアグ族の酋長

＊29　Leonard Peltier (1944–) 先住民活動家。1976 年以来投獄されている。

＊30　アメリカ国歌『星条旗』の歌い出し。「Oh, say can you see!」

＊31　「運び出した者」(the One Who Carried Out) とは、アンティコニの新しい名前。

＊32　「確かに、父さん」

＊33　*in media(s) res*（古典ラテン語）。文学作品の冒頭にしばしば用いられる技法。ここでは、ひどく掻き乱され不満が内にも外にも蔓延しているクレオーンの館の、崩れそうで崩れない危機的な状態を指す。

＊34　diorama（ジオラマ）。博物館にある野生動物の生息状態などを模した復元（保存）動物などの見本展示。

＊35　写真：太鼓奏者たち Nez Perce National Historical Park. Nez Perce Drummers at the Long House, Spalding, Idaho. https://www.nps.gov/museum/exhibits/nepe/exb/slideshows/DailyLife/spirituality/C9713.html

＊27　骨棒セット

＊27　夜の棒ゲーム

＊35　太鼓奏者たち

訳者解題

悲しみの準備

孫息子よ、死者たちを幽閉すれば
生者たちも囚われ人となる。[(1)]

本作品は、北米先住民ネズパース族の作家ベス・パイアトート（Beth Piatote）の『ビーズ職人（The Beadworkers）』（Counterpoint 社、2019 年）の末尾に収録されている戯曲「アンティコニ（Antíkoni）」の邦訳である。北米先住民の娘アンティコニが、ワシントン DC の博物館から祖先の遺骸を「運び出し」（ヒナーカタ [hiˈná·kʼata]）、国家の重要文化財を盗んだ罪に問われる劇で、古代ギリシアのソフォクレス（ソポクレース）の悲劇『アンティゴネー』の翻案（アダプテーション）である。原著者のパイアトートは、比較文学と北米先住民研究（Native American studies）の研究者でもあり、現在、カリフォルニア大学バークレー校で教鞭を執る。作家としての彼女は、ちょうどネズパース族の女性たちがガラス製のビーズで服や鞄に美しい細工を施すように、アメリカ先住民諸語の復興（Indigenous language revitalization）に貢献する華麗な文学作品の数々を世に生み出している。

(1)　「アメリカ・インディアン文化を見るためには、まず（「物」を中心とした）ヨーロッパ科学主義のよごれを、めがねからそうじしてかかる必要がある」。「インディアン文化のほんとうの価値を理解するには、このお祓いの儀式などの裏にある、狭い科学を超越した、もう失われかけている霊の世界に目を開きなおす必要がある」。青木晴夫『アメリカ・インディアン：その生活と文化』（講談社、1979: 4）

劇のあらすじ

本劇のもとになる古代ギリシアのソフォクレス（ソポクレース）の『アンティゴネー』の主人公は、オイディプース王の娘で、彼女と妹のイスメーネーには二人の兄、エテオクレースとポリュネイケース、がいた。オイディプースの亡き後、兄弟は王位を争い、敗れたポリュネイケースはアルゴスの国に逃れる。そしてアルゴス軍を率いてテーバイに攻め入り、兄弟のエテオクレースと相打ちに果てる。オイディプースの義理の弟クレオーンがテーバイの王位についたところから劇がはじまる。王は、テーバイに攻め入ったポリュネイケースは国家の裏切り者であり、何人も埋葬の礼をその亡骸に施してはならぬというが、アンティゴネーは兄を埋葬する。

パイアトートの『アンティコニ』の主人公には妹イスメーネーがいる。エテオクレースとポリュネイケースの兄弟は、ネズパース族とカイユース族の血を引く彼女たちの祖先である。一方の兄弟のエテオクレースだけが幼い頃捕虜となりクロウ族に育てられる。成長し白人の斥候（ブルーコーツ）となりカイユース族の領地に攻め入り、兄弟のポリュネイケース（カイユース族の勇士）と相打ちに果てる。劇は、国立アメリカ・インディアン博物館の館長に、アンティコニの叔父クレオーンが着任するところから始まる。現代アメリカが舞台である。

ネズパース族とカイユース族が祖先から受け継いだ法（タマールウィト tamá·lwit）によると、族兄（Elder Brother）が大地を右に回し始動させた。大地は頭を東に、足を西に向けて横たわっているため、死者たちも同様に埋葬し弔わなくてはならない。アンティコニは、タマールウィトに従い、博物館が埋葬を施さずに保管しているエテオクレースとポリュネイケースの亡骸を埋葬するために運び出す。一方、博物館長のクレオーンは、エテオクレースの豪華な盛装を展示したい。叔父は、姪のアンティコニを国家の重要文化財を盗んだ罪に問う。彼が姪を犠牲にする理由は、同じく先住民であるクレオーンにとって、ソーヤーポー（白人）が支配する現代のアメリカ「監視合衆国」（The United States of Surveillance）において「インディアン」にできることは、ねこかぶり（飼い慣らされたペットのふりをすること）だけだと考えるためである。(2)

先住民の民話としての『アンティコニ』

パイアトートの『アンティコニ』の劇の別名は「ネティーテルウィト（netí·telwit）」である。ネティーテルウィト（netí·telwit）はネズパース語で「人間」を意味し、神話や民話に登場する「人間」を指す特別な言葉で、日常で使われる「人間」（トトークアン toto·quan）とは区別される。ネティーテルウィトは、人間という種類を指し、コヨーテ（ネズパース民話の主な主人公）やホリネズミと対比される。

劇の中では、「近いうちに人間がやってくる」という言葉が何度も用いられる。1960年からアイダホ州の高原地帯でネズパース語の研究をしたカリフォルニア大学バークレー校名誉教授の言語人類学者の青木晴夫によると、「近いうちに、人間がこの世にやってくる」は、ネズパースの民話の決まり文句。ネズパースの民話では、動物だけがいた人間以前の時代がしばしば民話の舞台となる（青木 1998: 183）。本劇にも「近いうちに人間がやってくる」という言葉で終わる民話がいくつも登場するが、コロス（伯母たちの昔話）だけでなく、劇全体も「近いうちに人間がやってくる」の言葉で終わる。劇全体が、伝統的なネズパースの民話の形をしている。(3)

ネズパースの伝統的な民話が、動物だけがいた人間ができる以前の

(2) 「国家はわたしをペットと見ていますが、これは思う壺というもの。それ以外に、国家はインディアンの存在を認めることはないのですから。われわれの戦士であった酋長たちのことを思えば、これは自明の理でしょう：ジェロニモ、シッティング・ブル、キャプテン・ジャック、ジョーゼフ。」（本文 p. 43）

(3) 「近いうちに人間が」という表現は、ネズパースの神話に現れるだけではない。動物だけがいた人間以前の時代を民話の舞台とする、という考えは、北アメリカでは広くみられる（青木 1998: 184）。

時代を舞台とする例として、青木は、人間の時代の悲しみを準備した「山犬と娘の話」をあげている（青木 1998: 175–182）。

インディアンの昔話には、山犬（コヨーテ）とか、キツネとか、オオカミだとか、その他動物がたくさん出てくるが、人間はひとりも出てこない。これは、人間ができる前の時代のことなのである。この動物たちは、来たるべき人間の時代の準備をしているのである。だから人間の時代における「悲しみ」の存在は、「山犬と娘」の話の中で準備されたわけである。

その「山犬と娘の話」の構造を、青木は次のように六つの要素で説明している（青木 1979: 214）。

むかしある所にコヨーテ（山犬）と娘が住んでいた。娘がオオカミと結婚したのに嫉妬したカワウソは、コヨーテの娘を焼き殺してしまった（均衡の喪失）。しかし、娘のいうとおりにコヨーテがすれば、自分は生きかえると娘がいう（均衡の回復）。そのために、コヨーテは死者の国から娘の骨をかついで帰り、その途中でうしろを振りかえってはいけない（タブー）といわれる。しかし雨が降って地面がぬれていて、足がすべり、振りかえってしまう（タブーを破る）。このために娘は永久に生きかえることができない（結果）。そこでコヨーテは、『よし、おれひとりじゃない、これからやってくる人間も、かわいい子どもたちを失ってなくことになるんだ』という（逃避）。

囚われ人としてのネティーテルウィト（人間）

人間（ネティーテルウィト）以前の時代を舞台とし、その時代にいた動物だけが登場する伝統的な民話とは対照的に、パイアトートの『アンティコニ』には動物が一匹も登場しない。人間の時代を舞台とし、人間しか登場しない。その一方で、本劇もまた伝統的民話と同様に「近いうちに人間がやってくる」という言葉で終わる。人間ができる以前の人間の話だということを示唆する。人間たちが、来たるべき人間（ネティーテルウィト）の世界を準備している。そして、その来たるべき人間の時代の何かが劇の中で準備されたのだが、これが何なのかを考えてみたい。

青木に倣い、パイアトートの『アンティコニ（Antíkoni）』の要素を考察すると、

> むかしアメリカ北西部（アイダホ州、オレゴン州、ワシントン州にまたがる広大な大地）に、ネズパース族が住んでいた。しかし、ブルーコーツ（白人ソーヤーポの騎兵隊「青服の軍隊」）によってネズパース族は虐殺され捕獲されてしまう（均衡の喪失）。ソーヤーポーは、自分たちにおとなしく服従すれば、レザーベーション[(4)]で「インディアン」を生かしてやるという（均衡の回復）。そして、ホワイトコーツ（「白衣の軍隊」、つまり人類学者）がやってきて「インディアン」とかれらの「文化遺物」を収奪し博物館に収容する。「この国に忠実を尽くすものは、何人も博物館から、国の重要文化財であるインディアンの人骨や遺物を盗んではならぬ」という（タブー）。その結果、国家の法を犯さなければ、インディアンは祖先を弔うこ

(4)　「レザーベーション」という、いかにも「とっておきの土地」の意味に聞こえるこの言葉とは裏腹に、先住民たちが追い込まれた強制入植地は水のない農業に適さない荒地であった（青木 1979: 215）。

とができなくなってしまう。タマールウィトのタブーを破ったまま祖先の亡骸を博物館に放置するか、タマールウィトに忠実に生きるために国家の法を破るか、の選択を迫られる。アンティコニは、タマールウィトに従い、博物館から祖先を運び出す（タブーを破る）。その結果、国家の重要文化財を盗んだ罪に問われ、クレオーンの館はひどく掻き乱され不満が蔓延し今にも崩れそうであるが、崩れることができない（結果）。アンティコニは生きたまま墓に退き、「死者たちを博物館に幽閉したままの現代人は、囚われ人だ。わたしひとりじゃない、これからやってくる人間も、二つの法の下で悲しむのだ」という（逃避）。

つまり、劇の中で準備された来たるべき人間の時代の「何か」とは、囚われ人としての呪われと悲しみである。パイアトートの『アンティコニ』では、オイディプース王家の悲劇の話が、ネティーテルウィト（人間）の悲劇に発展している。

ブレヒトの『アンティゴネ』（1947/8年）

囚われ人としてのネティーテルウィト（netí·telwit ／人間）というテーマに関連したソフォクレスの『アンティゴネー』の翻案としては、ドイツの劇作家・詩人のベルトルト・ブレヒト（Bertolt Brecht）による『アンティゴネ』（Die Antigone des Sophokles、1947/8年）がある。1948年2月にスイスのクール市立劇場で行われたその初演に際しては、悲劇の本編に1945年4月のベルリンを舞台とする「序景」が添えられた。第二次世界大戦とその後のヨーロッパを見据えて書かれたブレヒトの『アンティゴネ』は、資本主義国家と「die Unmenschlichen」（極悪非道な輩と、彼らの非人間的な行為）の出現を扱う。ブレヒトの翻案におけるテーバイ（国家）は、鉱山を奪うために隣国アルゴスに攻め入る。テーバイの総統（der Führer）の息子で、兄エテオクレスとともにこの侵略戦争に駆り出されたポリュネイケスは、兄の死と戦争の悲惨さを目撃し、戦線離脱しテーバイに戻る。総統のクレオーンは、ポリュネイケースを裏切り者として処刑し、遺骸を切り刻んだだけでなく、その埋葬を禁じた。エテオクレスとポリュネイケスの妹アンティゴネは、国の掟に逆らって兄の亡骸を埋葬する。その様子を番兵に見とがめられ、クレオンの前に引き立てられたアンティゴネは言う(5)。

自分たちは大丈夫などとは思わぬがよい。
不幸な方々よ。
次々と屍が、切り刻まれた骸（むくろ）が、
あなた方の傍らに投げ捨てられていくのです。弔われない者の周りに山積みに。
（中略）
テーバイよ、
お前から人でなしが出るのなら、
灰燼に帰すよりほかはない。
アンティゴネはどうしたと訊く者には、
墓所へ逃れるのを見たと言うがよい。

(5) Denkt nämlich nicht
Ihr seid verschont, ihr Unglückseligen.
Andere Körper, Zerstückte
Werden euch liegen, unbestattet, zu Hauf um den
Unbestatteten.
...
Aus dir [Thebe] sind kommen
Die Unmenschlichen, da
Mußt du zu Staub werden. Sagt
Wer nach Antigone fragt, sie
Sahen ins Grab wir fliehn. (Brecht 1967: 2311–2312)

ここに出て来る不幸な人びと（die Unglückseligen）とは、資本主義国家とその法的秩序に、戦争を行うその暴力に囚われた人びとである。彼らは、国家の法に従順であるために、死者を弔い埋葬することを定める古の法に背かなくてはならず、切り刻まれた骸が傍に積み上げられ埋葬されないまま放置されるのを観る不幸な人びとである。それは、死者たちが然るべき場所に然るべき方法で葬られないまま、囚われ人として生きる現代人の姿である。ここでも、オイディプース王家の悲劇の話が、ネティーテルウィト（人間）の悲劇に発展している。

ブレヒトの「アンティゴネ」もパイアトートの「アンティコニ」も、囚われ人としてのネティーテルウィト（人間）というテーマにおいて共通している。しかし、両者の間には決定的な違いがある。パイアトートのアンティコニで国家の法は、先住民である彼らに対して外部（植民者たち）から押し付けられたものである点である。人でなしの輩は、先住民社会の内部から現れたのではなく、外部から侵略した。「インディアン」たちは「市民」ないし「国民」ではない。パイアトートのクレオーンは、博物館長という公職を任された国家の使用人にすぎず、王にも総統にもなれない。「インディアン」の母たちは息子を戦場に送る「愛国の母」にはなれない。

国家の法は先住民である彼らに対して植民者から押し付けられたこと、人でなしは先住民社会から現れたのではなく、外部から侵略したことは、本劇の意義を理解する上で重要である。

「インディアン」とは誰か？

イシを感心し眺めた人たちの愛によって、彼は死んだ。

「インディアン」とは、「市民」ないし「国民」たちが、自分たちは誰であるか（正確には、誰でないか）について知るための鏡である。「インディアン」は、野蛮で、未開で、未完の人間。すべてにおいて市民と国民の対極にある。「文明人」が「インディアン」からどれほどかけ離れているかを計算するのが、ホワイトコーツ（白衣の軍隊、つまり人類学者）の仕事である。「インディアン」の脳、骨格、歯、声、感情、生殖能力、彼らの有形・無形の文化遺物、DNA、これらすべてがホワイトコーツの研究対象となる。それゆえに、パイアトートの『アンティコニ』の舞台は国立アメリカ・インディアン博物館なのである。そこは、近代知（サイエンス）の館（やかた）である。この館が、国家の重要文化財として収蔵する「インディアン」の遺骨と遺品は、ブルーコーツによって虐殺ないし捕獲され、ホワイトコーツによって収奪された戦利品である。（「それからホワイトグローブス（白い手袋たち）が、二人の体の寸法を測り、索引を付け、分類目録を作成し、兄弟を別々の金属製の引き出しの墓に収納した。最後に番号を付け、保管室に鍵をかけた」本文 p.19）

ホワイトコーツ（白衣の軍隊）とホワイトグローブス（白い手袋）が登場し、一連のサイエンスの儀礼（研究）が生まれた時期は、北米先住民たちが白人入植者たちとの戦いに敗れていった時期と重なる。

> 国家はインディアンの制圧を記念した
> たいそうな戦争記念品をつくる。メタコメットは腸（はらわた）を抉（えぐ）られ四つ裂きにされた。
> キャプテン・ジャックの頭は断首され、大陸横断の巡回展覧会で披露された。
> ジェロニモは鎖につながれ、街路を練り歩く見せ物にされた。
> 彼らは、子どもを奪い、断種手術を母親たちに施す。支配者たちは、こういうことをしてきた。

イシを感心し眺めた人たちの愛によって、彼は死んだ。

ブレヒトの『アンティゴネ』に登場する人でなしの輩の対極にいるのが、「インディアン」である。人でなしの輩が存在する限り、野蛮で、未開で未完の人間、「インディアン」は存在し続ける。本書、パイアトートの『アンティコニ』の力と意義と、ブレヒトの作品のアクチュアリティは、そこにある。

腸（はらわた）を抉（えぐ）って四つ裂きにしたり、断首した頭を大陸横断の巡回展覧会で披露したり、生きたまま捕獲した人間を博物館に展示し見せ物にすること。

これらの行為は野蛮であると、二十一世紀の人類は考える。

特定の民族から子どもを奪い、断種手術を母親たちに施すことも、もうしない。

しかし、「イシを感心し眺めた人たちの愛によって、彼は死んだ (Ishi's admirers loved him to death.)」は、どうだろうか？　来館者たちは「イシを死ぬほど愛した (loved him to death)」。そして、その愛がイシを殺してしまったことは、歴史的事実である。科学の殺傷的愛、他者を死に至らせるまなざしを持つ、わたしたちも病んではいないだろうか？イシの死は付随的な死で、最終的に死に至るのはサイエンスに憑かれたわたしたち自身ではないだろうか？

「死者たちを幽閉すれば、生者たちも囚われ人となる」と、盲目のティウェートのテイレシアースが言う。死者たちを幽閉してきたサイエンスがこれまで問われてこなかった。問われるまでに、あまりにも長い時間がかかりすぎた。

近いうちにこの世界に人間がやってくる。

もう、彼らはこっちへ向かっている。

参考文献

I. ネズパース語・ネズパース族・北米先住民に関する文献

青木晴夫. 1979.『アメリカ・インディアン：その生活と文化』講談社.

——. 1998.『滅びゆくことばを追って：インディアン文化への挽歌』岩波書店.

阿部珠理 編. 2016.『アメリカ先住民を知るための62章』（エリア・スタディーズ149）明石書店.

Aoki, Haruo. 1994. *Nez Perce Dictionary*. Berkeley: University of California Press.

Piatote, Beth. 2013. *Domestic Subjects: Gender, Citizenship, and Law in Native American Literature*. New Haven, CT: Yale University Press.

——. 2019. *The Beadworkers: Stories*.（ビーズ職人：物語）Counterpoint Press.

Shoalwater Bay Community. *Walla Walla: The Nez Perce and Cayuse.* Web. 1 Jan. 2024. https://shoalwaterbaytribe.com/walla-walla-the-nez-perce-and-cayuse/

The Nez Perce Language Program. *nimipuutímt*. Web. 1 Jan. 2024. http://www.nimipuutimt.org

Wasson, Michael. 2017. *This American Ghost*.（このアメリカの亡霊）Portland, OR: YesYes Books.

——. 2018. *Self-Portrait with Smeared Centuries*.（ぼかされた数世紀の中の自画像）Translated by Béatrice Machet. Curnier: Éditions des Lisières.

——. 2022. *Swallowed Light*.（呑み込まれた光）Port Townsend, WA: Copper Canyon Press.

II. ソポクレースの『アンティゴネー』の英語訳と翻案に関する文献

Brecht, Bertolt. 1967. *Gesammelte Werke 6, Stucke 6*. Frankfurt am Main: Suhrkamp Verlag.

Gibbons, Reginald and Charles Segal. trans. 2003. Sophocles. *Antigone*. New York: Oxford University Press.

谷川道子 訳. 2015. ブレヒト『アンティゴネ』光文社.

中務哲郎 訳. 2014.ソポクレース『アンティゴネー』岩波書店.

III. その他

Pollock, Susan. 2023. "The violence of collecting."（採集行為の暴力性）*American Anthropologist* 2: 377–389.

オットー、ルードルフ 著、華園聰麿 訳. 2005.『聖なるもの』創元社.

訳者あとがき

Those Not-yet-human/ 人間以前のものたち

訳者　こんな話がある。

十三年前のこと。あるところに日本の娘がいた。

誰よりも学問に熱心で、人類学をニューヨークの大学院で学んでいた。

内戦が続くインド洋の小島、スリランカに調査に来ていた。

北部の漁村に長いこと住み着いていたから、周辺のキャンプの住民たちに知られていた。

だから、海を渡ってプリーチャーがインドから来たとき、

信仰深い聖ヨセフ教会の使用人の婆さんは、その外国の娘に

彼に会いにいくようにと言った。

「彼は説教が人一倍上手いんだ。娘よ、行って会っておいで」

二人は出会い、恋に落ちた。

二人が最初に訪れたのが、インドのニューデリーにある国立博物館。

博物館の展示ホールのガラスケースの中に、数千年前の王女の遺骸が置かれていた。

日本から来た娘は、興味深そうに王女のからだの骨組を覗いていた。

人類学者だから。わかるかい？

でも、プリーチャーの男は、展示台の上の王女を見て言った、

「可哀想に。彼女はこんな状態で見られたくないはずだ。剥き出しにされ、観衆の目に晒されて

　こんな酷いことを、誰も彼女にしてはいけない」

ホワイトコーツに弟子入りしていた彼女には、彼の言葉の意味がわからなかった。

ヒンドゥーの神々の立像の前にくると、彼は言った、

「これらの立像を見て気づいたことは、昔の人びとはきっと、

恐れ慄(おのの)くほどのとてつもなさを表す語彙をたくさん持たなかった。

　だから、

これらの立像は、信仰深い人びとの表現、言い回しだと。

Mysterium tremendum et fascinans.[(1)]」

ニューデリーの博物館で、彼は言った。

本当にあった話。

2023年の日本文化人類学会、私はスクリーンの向こうに石原真衣さんを見た。アンティコニのようにスクリーンの中に写し出された彼女は、居心地が悪そうだった。

「『アイヌ民族に関する研究倫理指針（案）』から考える、文化人類学の過去と未来にむけての展望」について、学会員たちは熟議していた。当事者研究としてのアイヌ学と文化人類学者の協働についてフロアーから質問があると、アイヌの代弁者としてではなく個人として感じていることですと前置きをし、石原さんが答えた。「学術という世界の中でアイヌの人たちが当事者研究をしていくというのは今のところは難しいかもしれないが、その一方で、文化人類学がアイヌ研究にもう一度関わることは嬉しい。なぜなら、人間を描くということが、どういう暴力を孕んでいるかについては、文化人類学が一番議論してきたからです」。

私は、「学術という世界」（つまり、サイエンスの館）の居心地の悪さの中で、ホワイトコーツたちに、白衣を脱ぎ科学のメガネを外さなけれ

(1)　「畏れるべき神秘」（*Mysterium tremendum*）と「魅惑するもの」（*fascinans*）。ルードルフ・オットー の用語。

ばわからないことがあるのだと、石原さんが示してくださっているように感じた。「学術という世界」の儀礼が残してきた、開いたままの傷口ともう一度向かい合うことで、日本の人類学は自己の真実の姿を直視できるのだと私は理解した。そして、石原真衣さんの話を聞きながら、北米先住民のベス・パイアトートさんの作品「アンティコニ」を思い出した。まずは自分にできることをしようと思い立った。

ちょうど原著者のベス・パイアトートさんから、「アンティコニ」の邦訳についてご快諾のメールをいただいた朝は、西南学院大学の2023年度出版助成の申請締め切りの日だった。春風社の韓智仁さんがその朝、「やってみましょうよ」と編集を引き受けてくださった。田村元彦先生と友人の杉本裕美さんがその日、申請書に助言をくださった。

2023年の夏休みの間ずっと、友人の小山史子さんが一字一句原著と私の拙い訳を読み比べ過誤を正してくださった。ただし、邦訳の責任はすべて訳者にある。また、本劇は、英語のみでなくネズパース語も含むバイリンガルな劇である。ネズパース語のカタカナ表記については、ネズパース族出身の詩人で日本在住のマイケル・ワッソン（Michael Wasson）さんにご協力いただいた。マイケルさんのおかげで、邦訳は、カタカナ表記ではあるが、彼の耳と頭と胸と胴（内臓）に響くネズパース語に少しでも近づけることができた。

「訳者解題」にあるブレヒトの『アンティゴネ』からの引用箇所は、パイアトートと通底するブレヒトの問題意識（ブレヒトの作品のアクチュアリティ）がよりはっきりするようにと、柿木伸之先生がドイツ語から本書のために翻訳くださった。

本書は、以上の方々のご協力と励ましと、小山史子さんの語学力と忍耐力がなければ生まれなかった。

「アンティコニ」の劇の日本語訳と、邦訳での原著の併記にご快諾くださった原著者ベス・パイアトート先生に、そして本書に「前口上」を書き完成させてくださった石原真衣さんに、心から感謝いたします。ヒメーキス　ケッツィヤウヤウ（*Himé·q'is qe'ciyé·w'yew'*）。

また、大変な編集作業を引き受けてくださった春風社の韓智仁さん、本書の出版助成をいただいた西南学院大学に厚くお礼申し上げます。

この夏、友人の一谷智子さんは、カナダのアルバータ州に北米先住民の踊り「パウワウ」を見に行かれた。パイアトートの『アンティコニ』が、パウワウの踊りのように、現在のネティーテルウィト（netí·telwit）の時代を躍動することを願う。

My heartfelt thanks to Prof. Beth Piatote. It was a true honor to translate *Antíkoni* and be moved by the spirit of *nimipuutímt*.

本書は、夫にささげる。ニューデリーのインド国立博物館で、「こんな酷いことを、誰も彼女にしてはいけない 」という言葉を聞いてから十三年になる。この夏、パイアトートの『アンティコニ』を訳し、私はやっとその言葉の重みを言葉にできるようになった。

This translation project is dedicated to my husband,
who, upon hearing this project, recalled Mary Magdalene:

「あなたがあの方を運び去ったのでしたら、どこに置いたのか
教えてください。わたしが、あの方を引き取ります」

マグダラのマリア（ヨハネ John 20: 15）

2024 年 1 月 20 日

初見かおり

撮影(Photo): Kirsten Lara Getchell

ベス・パイアトート

(Beth Piatote) —————— **著者**

カリフォルニア大学バークレー校・准教授（比較文学部、英文学部）。専門は先住民の文学と法。研究者、作家、活動家／ヒーラー。フィクション、詩、戯曲、エッセーなど多数。アメリカ先住民諸語、特にネズパース語とネズパース文学の復興に携わる。

著書に『*Domestic Subjects: Gender, Citizenship, and Law in Native American Literature*（ドメスティックな主体：アメリカ先住民文学におけるジェンダー、市民権、法）』（Yale University Press, 2013）や本劇「アンティコニ」が収録されている『*The Beadworkers: Stories*（ビーズ職人：物語）』（Counterpoint, 2019）など。

初見かおり（はつみ かおり） —————— **訳者**

西南学院大学・准教授（外国語学部外国語学科）。専門は文化人類学。民族誌の記述と倫理に関心がある。

著書に『ハレルヤ村の漁師たち：スリランカ・タミルの村　内戦と信仰のエスノグラフィー』（左右社、2021）、論文に「Beyond Methodological Agnosticism: Ritual, Healing, and Sri Lanka's Civil War」（方法論としての不可知論を超えて）（*The Australian Journal of Anthropology,* 2017）など。

石原真衣（いしはら まい） —————— **前口上 著者**

北海道サッポロ市生まれ。アイヌと琴似屯田兵（会津藩）のマルチレイシャル。北海道大学大学院文学研究科博士後期課程修了。博士（文学）。現在は、北海道大学アイヌ・先住民研究センター准教授。文化人類学、先住民フェミニズム。

著書に『〈沈黙〉の自伝的民族誌（オートエスノグラフィー）：サイレント・アイヌの痛みと救済の物語』（北海道大学出版会、2020年、大平正芳記念賞受賞）、『アイヌがまなざす（仮題）』（村上靖彦との共著、岩波書店、2024年近刊）など。

Cover image: "Man's Shirt" from the virtual museum exhibit
for Nez Perce National Historical Park.
No copyright protection is claimed for the image,
which is an original U.S. Government work
by the U.S. National Park Service.

アンティコニ
——北米先住民(ほくべいせんじゅうみん)のソフォクレス

2024年2月28日　初版発行

著者　ベス・パイアトート　Beth Piatote

訳者　初見かおり　はつみ かおり

発行者　三浦衛

発行所　春風社　Shumpusha Publishing Co.,Ltd.
横浜市西区紅葉ヶ丘53　横浜市教育会館3階
〈電話〉045-261-3168　〈FAX〉045-261-3169
〈振替〉00200-1-37524
http://www.shumpu.com　✉ info@shumpu.com

装丁　中本那由子

印刷・製本　モリモト印刷株式会社

乱丁・落丁本は送料小社負担でお取り替えいたします。

ISBN 978-4-86110-913-3 C0098 ¥1950E